女ふたり、となり暮らし。

辺野夏子 Heno Natsuko

ALPHAPOLIS
WEB CITY SINCE 2000

アルファポリス文庫

https://www.alphapolis.co.jp/

プロローグ

「ああ、お腹がすいた」

腹の底からそのような感情がわき上がってきても、あたしは立派な大人の女だから独り言をぽろっと口に出すことはしない。

――そう心がけている、と表現する方が正しかった。

歩道の端っこで立ち止まって、若干くたびれ始めた革のバッグに手を突っ込む。水筒の下敷きになっていたスマートフォンが暗闇にぴかっと輝いて存在を主張するけれども、特になんの通知もなし。

時刻は二十一時を回ったころ。

だらだらと駅ビルや本屋をぶらつき、たまには運動でもするかと一つ手前の駅で降りた。そうやって夜道を歩くうちに、いつの間にかこんな時間になってしまった。

線路沿いの桜はとうの昔に散っていて、五月の風に葉桜が揺れている。

過ごしやすい、いい夜だ。けれど今、その爽《さわ》やかさを打ち消すほどの空腹があたしを襲っている。

なぜ腹ペコなのに、遠回りをして帰るなんて判断ミスをしでかしたのか？

おそらくではあるが、あたしは今日、疲れている。疲労が溜まると判断力が落ちるから、そのせいだと思う。

就職を機に上京。週に五日《いつか》、ぎゅうぎゅう詰めの電車に乗ってオフィス街へ出勤する。

別に、日々の生活でとんでもないストレスに晒されているわけではない。ただ、このぐらいの年代の女性にありがちな悩み――『あたしの人生、これでいいのかしら？』がじわじわと虫歯みたいに心を蝕《むしば》み始めている。やっぱり、原因は特にない。だから治療法もない不治の病だ。

道沿いにはびっしりと――東京の建物はあり得ないぐらいに密集しているのだ――一軒家が建ち並び、優しげなオレンジの明かりが灯《とも》っている。

それを見て、ずーんと敗北感が胃に沈み込む。これはすべて、東京独特の「渇き」

のせいだ。

心はカラカラ、お腹はペコペコ、足には疲労が溜まってダルダル、とでも申しましょうか。

このあたりの全員が一人ぼっちだったならば、自分が空腹を抱えてとぼとぼと歩いていたってなんとも思わない。

けれど、そうじゃない人がこんなにも沢山存在するのだと、見せつけられている。あたしはコンクリート・ジャングルか東京砂漠のどっちかにいて、あちらのご家族はオアシスにいる。そんなのを見せつけられて、ほんのちょっとでも切なくないと言ったらそれこそ嘘でしょう。

ここで、ごくごく一般的で協調性があり、愛を信じている人だったならば、こうアドバイスするだろう。

『出会いでも探してみたら？　そしたら人生に潤いが出るかもよ？』と。

「しかし、あたしは生まれつきのコミュ障なのであったっ」

また、独り言を口にしてしまった。タイミングがいいのか悪いのか、ちょうど真横をすり抜けていった自転車に乗った人が、すれ違いざまにびくりとこちらを見た。

驚かせてしまって大変申しわけありません。あたしは不審者ではありません。

……などと、脳内でくだらない妄想を展開しながらも、ようやく自宅手前の曲がり角まで辿りつく。あまりにも――まるでトンネルの終わりみたいに明るく光るコンビニエンスストアの前を通り過ぎ、マンションに入り、エントランスでバッグから鍵を取り出す。

メゾン・プリエール。直訳するとフランス語で「祈りの家」だろうか。

マンションの名前ってやつはどうしてこんなにも大仰なのかね。

けれども、例えばここが「ハイツ小林」だったなら。一人暮らしに救いを求めていたあたしはこのマンションを選んだだろうか？　答えは否。

あたしはいつも、人生になにか素敵なことが転がってやしないかと、探していないふりをしながら探している。ちょっとだけキラキラとした名前のマンションは、そのあらわれだ。

オートロック、と言っても自動ドアではなくてドアに鍵のついたタイプ。パンプスはローヒールでも音が響くから、そっと足音を立てぬように廊下を歩く。

このマンションは古いけれど宅配ボックスがあるし、バストイレも別だ。独立洗面台に、室内洗濯機置き場だってある。

広めのシンクと二口コンロのキッチンは自炊には不自由なし。

お値段、管理費込みで八万八千円八百円也。

これを高いとみるか、安いとみるか。いや普通に高いよ。電車の音、けっこう聞こえてくるしね。

高給取りではないあたしにとっては結構な出費だ。けれど生活レベルはそう簡単に下げられないとはよく言ったもので——地方都市の一軒家で育った人間として、ある程度の住環境は譲れないポイントだった。そしたらこうなった。

そんなことを思いながら、エレベーターに乗り込む。

やや高めの家賃と引き換えに酒は飲まず、極力自炊して出費を抑えることにしている。

だから金曜の夜といっても、今日の夕餉《ゆうげ》は卵かけご飯だ。

と言っても侮《あなど》るなかれ。白だし、ゴマ、海苔、あとはインスタント味噌汁などを加えた少し豪華バージョンだ。食後のデザートにミカンゼリーも作っておいてある。

「お腹が空いたよぉ……」

今夜はエレベーターの進みがやけに遅い。年代物だからいよいよ寿命か。と思いきや、単にボタンを押していなかった。恥ずかしい。脳を動かすエネルギーが不足しているのだろう。

「くそっ、めっちゃいい匂いするじゃんか……」

エレベーターが三階に到着した。その瞬間、隣室から――煮物かな、なんとも食欲を刺激する香りが鼻孔をくすぐって、思わず悪態が出た。

この後に待ち受けている粗食を思うと『ああなにかデパ地下でお惣菜でも買えば良かった』『駅前のラーメンを我慢するんじゃなかった』と後悔が押し寄せる。

――数百円をケチって、人生を無駄にしたかもしれない。

そんな疑念を、物理的に頭を振ってふるい落とす。

だめだめ、買い出しは週末にまとめてすると決めた。

コンビニで弁当や惣菜を買うことはたやすいが、そこをぐっとこらえての卵かけごはんだ。千円札一枚で一体どれだけの食材が買えるだろうか、と頭の中で電卓を叩く。

このような不意に心が揺れる瞬間に備えて、出勤前に炊飯器のタイマーをセットしておいたんでしょう。保温された白米があたしを待っている。お腹がいっぱいになれば邪念は吹き飛ぶはずだ。ほどほど出来るゆるゆるＯＬ。それがあたし、キョウコ・ス……

「あのー、諏訪部《すわべ》さん」

ドアノブに手が触れたその瞬間。どこからか、か細い少女の声が聞こえてきた。

一章

このマンションに「諏訪部」は一人しかいない。あたしだ。フルネームは諏訪部京子《きょうこ》。

先ほど通り過ぎたばかりの廊下に面した小窓――隣室も同じ間取りならキッチン。おそらく声の発生源はそこだろう。先ほどの悪態が彼女に聞こえていないことを願うばかりだ。

「はい、諏訪部です」

とっさに事務的な返事をすると、小窓から人の気配が消え、代わりに玄関ドアから隣人がひょこっと顔をのぞかせた。ここは単身女性専用のマンション。

彼女もまた、一人住まいの女性だ。

ただ一つ普通と違うのは、隣人は近所の私立高校に通う女子高生であること。

これであたしが男子学生であればラブロマンスの一つや二つ期待してしまうところ

だったかもしれないけれど、女同士何も起きず、彼女とは廊下で顔を合わせれば会釈をする程度の関係でしかない。

「こんばんは。笠音《かさね》さん、どうかしましたか？」

別に不機嫌なわけではないのですよ、と女子高生もとい隣人の笠音嬢に笑顔を向ける。

笠の音、でカサネ。洒落た名字だ。まあこちらの「諏訪部」もかっこいい部類ではあるけれど。

「あのですねー、えっと……」

彼女は何やらもごもごとした音を発した。聞き取り困難を極める。ま、この年頃の女子が赤の他人、それも大人に声をかけるのは結構な勇気が必要だろう。

「待ってたとかそういうわけではないんですけど、あの、ちょっとした思いつきっていいますか」

……一体、あたしになんの用事があると言うのか。

……！　あれかな？　部屋に招かれざる来訪者が現れでもしたのだろうか。このマンションはきれいに掃除されているけれど、時折段ボールなどに潜んで乙女の園に侵入してくる「ヤツ」がいるのだ。

そうならばお姉さんが手を貸してやらんこともないですよ、と引っ越しの時に挨拶を交わした彼女の父親を思い出す。いかにもエリートですって感じのパリッとしたサラリーマンで、お近づきのしるしにと蕎麦《そば》とタオルをくれた。その分の働きをするのはやぶさかではない。

あたしは無害で善良であることを志《こころざ》している。彼女があたしになにかを頼みたいと思う。それは目標がうまいこと達成されている証拠に他ならないのだから。

「そのう、いきなりこんな提案するのはおかしいんですけど……」

さてさて、いったい謎の女子高生、笠音は何を伝えたいのか。

彼女の長いまつげが影を作るのをじっと観察する。頬がつるっとしていて、ニキビ一つ見当たらない。

造作の良さと若さからくる輝きがダブルでまぶしい。部屋に帰って鏡を見たら、蛍光灯に照らされた自分の顔にショックを受けてしまうかもしれない。

「もしお時間があればなんですが……」

どうやら非常に切り出しにくい内容であるらしく、一向に話が進まない。

彼女がためらっている間に、脳内で記憶の蓋が開く。

笠音某《なにがし》と会話らしい会話があったのは……去年の春、入居の挨拶。その次は……秋の超大型台風でベランダの仕切りが吹き飛んで以来だ……もしかしなくてもそれか？

「あっ、ベランダの⁉ ごめんなさい、色々あって。でもちゃんと直しますから」

首都圏を襲った猛烈な台風は電車を止め、会社を休業させ、税込七百円のビニール傘を破壊し、木々の枝をへし折り、ついでにあたしと彼女を隔てるベランダの仕切りを吹き飛ばしていった。

有事の際はこの仕切りを蹴破って隣に避難とは言うけれど、本当に簡単に壊れるのだなと感心してしまったことは記憶に新しい。

一階に住む大家《おおや》さんに報告したはいいものの、我が家が被害を受けた時、ほかの人々も同様であるのは考えるまでもない。

屋根が飛ぶ、雨漏りする、ガラスが割れる。まずはそれらの甚大な損害を被《こうむ》ってしまった家庭が優先。我が家の修繕はプライバシーの問題はあるものの、女同士だからそこまで気にならないでしょう、と後回しになった。

しかもベランダの仕切りを修繕するためにはこちら側の部屋、つまりあたしの立ち会いが必要だったのだ。

土日は工事依頼が多すぎて簡単に日程の都合がつくはずもなく、かと言ってわざわざ修繕のために有休を取るのは面倒だった。

ようやく予定が整ったかと思えば職人さんが怪我をしたり、自分がインフルエンザになったりと延期に次ぐ延期になってしまった。それに『冬はあまりベランダに行かないから』との大義名分も伴《ともな》い、ずるずると引き延ばした結果、つい先日やっと『八月までには』と工事のめどが立ったばかりだ。

その間ずっと、隣人は修繕されないベランダを見ては悶々とした日々を過ごしていたわけだ。

彼女が不満を持つのは当然のことだろう。

我慢の限界が来て、クレームの一つも言ってやろうと思い立ったに違いない。だからきっと、こんなにも歯切れが悪いのだ。

脳内で『お前、いい加減にせえよ、こっちはプライベートゾーンを侵害されてんねん。それでもいいトシした社会人かオラ。なにが平凡で善良や。この害悪が』とエセ関西弁が響きわたる。

しかし彼女は少し目を見開いてから、首をぶんぶんと横に振った。

「あっ、ベランダは関係ないです。別にそこは気にしてないので」

彼女の言動は、なぜかそこだけはクリアに聞き取れた。

「むしろ開放感があっていい感じかもって思ってます」

「え、あれ、そうですか」

違うなら一体何だ。どこを気にしているんだ。やはり虫か、それとも不審者か？　もしくはなにかの勧誘だろうか。そういえば、お昼に先輩の子ども（と言っても大学生）が投資詐欺にあったと話を聞いた。心持ち半歩後ろに下がると、隣人はドアから一歩足を踏み出して、口を開いた。

「それで、要件としましては……あの、ご飯……食べました？」

「えっ？　ご飯ってあのご飯のことですか？　夕食的な？」

「はい……そう、です」

思わずかぶせ気味に返答すると、彼女は足を踏み出したままの体勢で、ちょっと前屈みにうずくまった。

身長差とヒールの分こちらが見下ろすような形になっている。威圧的かな。たまに「少し近寄りがたい」と言われてしまう時があるので、小首をかしげてなんとか頭の位置を下げ、親しみやすそうな表情作りに努める。

それが功を奏したのか、わずかな沈黙のあと、隣人はためらいがちに口を開いた。

「もし、まだだったら……豚の角煮……はお好きですか?」

「めっちゃ好きです」

反射的に答えてしまったが、別に嘘はない。豚の角煮は好物だ。豚バラブロックは高いし、そもそも最寄りのスーパーであまり見かけないから縁がないだけだ。

「夕食を作りすぎてしまって。よかったら少し受け取っていただけませんか」

信じられない。

と言うのは彼女の言動が非常識と主張したいのではない。

これは伝説の――ラブコメによくある『料理を作りすぎちゃって。お裾分け』だ。こんなことが自分の身に起きるとは、人生何があるかわからない。

宗教の勧誘……いや、それに煮物はないな。待てよ、もしかしてあれか。鍋セットの押し売りか。かと言ってここまで話して『知らない人から貰った物は食べないので』と答えるわけにもいかない。ええい、虎穴に入らずんば虎子を得ず。

「はい。喜んで」

あたしの返事を聞いてマドモアゼル・笠音はすっと顔を引っ込めた。そのままぼけっと突っ立っていると、彼女は炊飯器の内釜とお玉を持って再び現れた。

ピンクのゴムサンダルを履き、家庭科の課題みたいなデザインのエプロンには「笠音百合《ゆり》」とフルネームのワッペン付き。

ユリ。お上品な名前だ。それにふさわしい艶《つや》やかな黒髪の清楚なお嬢さんだ。名は体を表す、ね。

「大きめのお皿ありますか？」

内釜を上から覗くと、具がぎっしりと詰まっており、煮汁はひたひただ。確かにこれは一人分としては作りすぎだ。ありがたくご相伴《しょうばん》にあずかろう。

「今持ってくる……ところで、お米は炊けてるの？」

炊飯器で豚の角煮を作る。それは火を使わなくて済むから安心かつ楽ちんなのだが、当然のことながら同時進行で米を炊けないデメリットがある。

そうなると冷凍ご飯もしくはレンジかガスで炊飯……だが、そもそも鍋での煮込みを回避するための炊飯器調理なのだから、手間をかけている可能性は低いだろう。

「冷凍ご飯で」

どうやら彼女もご飯をまとめて炊いて冷凍保存する性格のようだ。年齢は一回りほど離れているけれど、少し親近感が湧いてくる。

「ちょうどうちに炊きたてのお米があるから、よかったらどうぞ」

まとめて三合炊いたので遠慮なく。そう告げると、笠音百合は視線を宙にさまよわせた。最初にパーソナルスペースに踏み込んできたのはそちらじゃないかよ……とは思うものの、彼女の隣人づきあいシミュレーションには想定されていない展開だったのだろう。

「では、お言葉に甘えていただきます。助かります」

軽く頭を下げた笠音百合の白いうなじ。

その時ふいに、ぽろっと、ほんとうにぽろっと口から「なにか」がこぼれ出た。

「どうせなら、うちで一緒に食べない？」

顔を上げた笠音百合の顔面にはまるで「驚愕」と書いてあるように感じたし、当事者であるあたしも自分で自分の発言にびっくりした。

どうしてあたしはそんな提案をしたのだろうか？

自問自答してもよくわからない。余った料理を分け与えることと、見知らぬ人間の家に上がり込んで食事を共にするハードルの高さはまったく違う。やはり疲れているのかもしれない。微妙な沈黙が気まずい。

あたしはこのような時、コミュニケーション能力の欠如をまざまざと痛感してしまうのだった。

「あの、では、お願いします。えーと、お邪魔させていただきます」

おとなしそうな見た目とは裏腹に、彼女はノリが良かった。若さ故の純粋さのなせる技なのか、気を遣われてしまったのか。まあ、あたしが冴えないサラリーマンだったならば危険な展開かもしれないけれど、同性ゆえにトラブルの可能性は低いと考えてもらえたのだろう。うかつな発言をしてドン引きされなくて良かったとほっとする。

「オッケー。ひとまずそれを受け取っちゃうね」

角煮の汁をこぼさないようになんとかドアを開けて室内へ。柔らかなスエードのパンプスはたとえ両手が塞がっていたとしても、柔軟体操のごとく足を振ればすぽりと抜け落ちる。

この部屋の間取りは玄関のすぐ右手にキッチン、廊下に面した換気用の小窓。左手に浴室、洗面所、トイレ。奥に寝室。引き戸を開放しておくと大きなワンルームになる仕組みで、あたしはいつも全開にしている。

廊下はない。まっすぐテーブルに直進し、真ん中に豚角煮を置く。我が家の炊飯器はきっちり仕事を成し遂げたようで、保温中のランプが頼もしげに光っていた。

「あんたもさ、ついにデビューの時が来たってわけよ」

ぽん、と椅子の背もたれをたたく。一人暮らしを始める際、ダイニングテーブルに合わせて二脚購入したものだ。片方はもっぱら荷物置きになっていたのだが、ここで不意の来客である。

椅子はどことなく誇らしげで、ショールームでスポットライトを浴びていた時代を思い出しているかのようだった。

タイミングの良いことに、部屋はきれいだ。

虫の知らせと言うやつだろうか。

ひとまず手を洗おう。ナチュラルなハーブ感が売りのハンドソープ。世間は泡タイプにシフトして久しいが、あたしは何と言われようと液体派。

ワンプッシュすると濃厚なユーカリの香りが漂う。爪の間はブラシを使い丁寧に。手の甲、手首まで洗って三十秒。別に潔癖症でもなんでもないのだが、昔の習慣が今でも身についている。

「さて……他に何を出すべきか」

メインのおかず担当は向こう。こちらが白米だけでは若干公平さに欠ける。大人としてしっかりとした所を見せたいのだけれど、なにせ今晩は卵かけご飯の予定だったものでろくな食材がない。

「こんな時は」

いざと言う時のために買い置きをしてあるフリーズドライの味噌汁の出番だ。お値段はへたなカップ麺より高いが、味噌の味が濃く、具も大きめでおいしい。来客に出したって問題は何もない。何もないというか、そもそもバレない。

商店街の福引きでゲットして以来愛用している電気ケトルのスイッチを入れる。

とりあえずは白米と味噌汁。

「あとはサラダでいいだろう」

レタスを一玉まるまる買った方が安いのはもちろんそうだけれど、普段使いはもっぱら袋詰めのサラダミックスだ。洗わずに食べられるし、値段が安定している。サラダを盛り、彩りのためにミニトマトを追加する。

トマトは高級品だ。ミニトマトよりは大玉トマトの方が一見割安に思える。けれど一人暮らしなら事情は別だと思う。ほんの少し彩りを足す。弁当に入れる。一玉をくし切りにするよりは、結果的にミニトマトを選択した方が便利で処理が楽なのだ。

そうこうしているうちに、パチン、と電気ケトルから沸騰の合図が聞こえる。それとほぼ同時に、インターホンのチャイムが鳴った。ここまで、およそ正味五分と言ったところ。

「おじゃまします」

笠音百合――もう百合でいいか。彼女はプラスチックのトレイに自分の茶碗、箸、コップを載せてやってきた。

彼女はきちんと玄関でゴムサンダルをそろえた。やはり見た目通りに育ちが良いに違いない。この家には来客用のスリッパなんてないのがお恥ずかしいところだ。

「ごめんね、人が来ることを想定してなかったもんだから」

「いえ。私の部屋にもスリッパはないですよ」

それを聞き、自分が特段ずぼらなわけではないのだとほっとした気持ちになる。

「ダイニングテーブルがあるんですね」

百合は遠慮がちに、しかし好奇心を隠しきれない様子で室内を見渡している。

「大人の部屋ってこんな風なのかあ」と心の声が聞こえてくるようだ。女子高生にとってアラサー女の一人暮らしの生活は未知なものだろう。

「実家がそうだったからね」

「うちはこたつなんですよ。学習机もあるし、そうなると、テーブルを置くスペースがなくて」

「あー、いいよね、こたつ。でもそこで寝落ちするから置かないようにしてる」

「わかります。勉強が捗《はかど》らないです」

「だろうねー」

おしゃれインテリアによくありがちな、ソファの前のローテーブルやパソコンデスクだけの部屋って、一体どこで食事を摂っているのか謎だよね。と話が盛り上がる。

「ま、座って待っててよ。すぐ用意しちゃうから」

普段はチャーハンやパスタなどに使用する大皿に角煮を盛り付け、温める。電子レンジのガラス越しに、背筋をピンと伸ばして座っている少女の姿を見て、ドギマギしてしまう。

なんだか自分の部屋に女子高生が突然現れるというのは、非現実的な出来事だ。生まれて初めて彼女を家に呼んだ少年はこんな気持ちなのかもしれない。

そんなアホらしいことを考えていると電子レンジが鳴る。改めて聞いてみると、随分とテンションが高くて陽気な電子音だ。この歳になって新たな発見をした。

「あちち……」

この部屋にはミトンなんて気の利いたアイテムは存在しないので、熱いものを持つときは服の袖を引っ張るか、清潔なふきんで手を覆って持ち上げる。

百合が作った角煮は豚肉が卵ぐらいの大きさで、惣菜や定食屋で見かけるタイプよりは小ぶりだ。脂身が少ないのは、おそらく仕込みの際に余分な所はカットしているのだろう。脂身はおいしいけれど、食べすぎると具合が悪くなるからね。

野菜はカレーの具ほどの大きさに乱切りしてある。タマネギ、ニンジン、ジャガイモとシメジ、煮卵。ご家庭によって入れるものが違うのだと、新鮮な気持ちになる。

大急ぎで味噌汁とご飯、サラダをテーブルに並べていく。

「あ、すいません、お味噌汁まで。申しわけないです」

「いやいや、お気になさらずに」

あたしのやったことと言えばボタンを押し、袋を破いただけだ。豚肉を切り分けて下茹でして野菜を用意して……とは労力として比べものにならない。

キッチンの引き出しを開けると記憶の通り、奥に箸置きが二つ転がっていた。普段は全くと言っていいほどに使用しないのだが、温泉地へ一人旅をした際になんとなく購入したものだ。

皿の上に箸を置くのは「渡し箸」と呼び、よろしくない行動らしいのだが、普段の生活で食事の度に箸置きを用意するのはよほど「ていねい」な部類に入るだろう。

しれっと当然のような顔をしてテーブルに並べると、百合は感心したようにほぉ、ともへぇ、ともつかない声をあげた。

「こうするとお店みたいですね」

その口ぶり。君の部屋にも箸置きはない様子だな。

とあたりをつける。なんとか大人のお姉さんらしい所を見せられただろうか。必要以上に格好をつける必要はないけれど、隣人はダメな奴だと判断されるのも本意ではない。

「よし、できました」

「いただきます」

百合は顔の前で両手を合わせた。つられて自分もいただきます、と口に出す。

自宅でその言葉を使うのは何年ぶりだろうか、と少しばかり懐かしい気持ちになる。

そっと箸を入れると、じっくり保温で煮込まれていたおかげで肉はさほど抵抗もなく半分に切れた。一口含むと、脂と甘味が口内に溢れる。ゆっくり噛み締めるごとに、なんとも言えない充足感が広がっていく。

「うま〜い」

なんのひねりもない感想に、百合はほっとした顔を見せた。

「ありがとうございます。味付けが好みじゃなかったらどうしようかと」

「いやあ、いいねこれ。すごくいい。何というか、魂がほっこりするよ」

語彙力のかけらもない、食レポだったらNGが出ているだろう感想に百合は表情を綻《ほころ》ばせた。その様子を見て、カメラが花の開花する瞬間をスローモーションで捉えた映像を思い出す。花が咲くような……との表現はこのような状況で使うのだろう。

あたしが男だったならば、今の笑顔で惚れた上に『彼女も俺のことが好きに違いない！』って勘違いしていただろうな。

などと、とりとめのないことを考えている間に、百合はお椀に口をつけた。ぼんやりしている場合じゃない、と慌てて米を一口食べる。うん、うまい。素材がいいからね。

「ナスの味噌汁、おいしいですね」

「いや、まあそれフリーズドライだから。ははは」

台所から未開封の商品を持ってくる。フリーズドライの味噌汁はかさばりはするものの、その分パウチと違って大きな具材を入れることができるのだ。

「へえー。こんな商品があるんですね」

「ね。便利だよね」

百合は味噌汁のパッケージをくるりとひっくり返して、会社名を確認していた。自分でも買ってみるつもりかもしれない。

「お米もおいしいですよね。いい炊飯器を使ってるんですか？」

たどたどしくも、会話は続く。

「いや、普通のやつかな。お米の銘柄の違いじゃない？」

「どこのですか？」

「北海道。地元の後輩から直接買ってるよ」

「後輩から……？」

百合は首をかしげた。都会っ子だと「農家の知り合い」は居ないのだろうな、と今更ながらに思い当たる。

「あたし北海道出身でさ、大学でも実家が農家って子が結構いるのよ。帰省の度に軽トラで農作物を持ってきて、それをバイト先とか一人暮らしの同級生に売り捌《さば》いてて。ネット販売もしてます！　ってチラシもつけて。商魂、たくましいよね」

実際にそれで農協を通さずに直接の販売ルートを確保していたのだから、彼は家業を継がずに普通に就職しても、あたしより遥かに成功しただろう。

百合がなかなかに興味深いお話ですよ、と言いたげな雰囲気で相槌を打ったので、いい気になってべらべらと北海道のことを喋ってしまった。

「世の中には色々な人がいるんですね。私、あんまりそういうの知らなくて」

その当たり障りのない返事を聞いて、ふと我に返る。いかんいかん、若い子に延々と自分の武勇伝を語るおじさんってこんな気持ちなのね。こりゃ楽しくて癖になるのも頷ける。

途中途中に他愛のない会話を挟みながら、食事は進んでいく。普段何気なく食べているものも、一人ではなく誰かがいるだけで気持ちがしゃんとして背筋が伸びる。

一家団欒《いっかだんらん》ってこういう感じだったな、確か。いや、彼女とあたしは家族でもなんでもないのだけれどね。

食後に緑茶を出す。ペットボトルは買わずに、できるだけ家で作るようにしている。別にこだわりがあるわけではなく、単純に自作した方が割安なのと「資源ゴミを出すのが面倒くさい」からだ。

「お茶までありがとうございます。わぁ、きれいな緑」

「え、あ……うん」

毎度のごとく計量もせず温度も蒸らし時間も適当に煎《い》れたものだけれど、確かに今日はとても色鮮やかな明るい翠《みどり》だ。会心の出来と言えよう。

こんな日常のささやかなことにも褒めポイントを見いだせるとは、この子はきっと立派な大人になるのだろう。

「……」

「……」

ずずず、と熱めの緑茶をすする音がいやに響く。

会話がなくなってしまった。どこか遠い目をした笠音百合は今、何を考え中なのだろう。帰るタイミングを探しあぐねているのか、それとも寛いでいるのか、いまいち判断がつかない。気まずくはない……と思いたい。

今更ながら音でもあった方がいいかとテレビの電源をつけると、芸能人のお宅訪問番組が放送されていた。女優と言う存在は、本当の本当にプライベートでスーパーに行ったりお弁当を作ったりするのかしらと、この手の番組を見る度に懐疑的になってしまう。

画面に冷蔵庫が映り、そこであたしはようやくデザートのことを思い出した。

「ミカンゼリーあるよ。食べる?」

百合はテレビを見つめたままわずかに頷いた。この様子だと居心地は悪くなく、満腹でぼーっとしているだけのようだ。

ミカンゼリー。その名の通り、材料はミカンの缶詰とゼラチンだけのお手軽デザートだ。

市販品もスーパーで買えば百円程度ではあるのだけれど、自作したものは具の量が違う。平たい食品保存容器に適量のシロップを出し、レンジで加熱してゼラチンを一袋溶かす。ゼラチン液に残りの中身を流しこみ、混ぜて冷やし固める。大きめのスプーンでざくざくと切り分けるのが、手応え満点って感じでなかなかに楽しいのだ。

「手作りですか？　あ、給食のゼリーみたい」

「そう。あれは多分寒天だったのかなと思うけど」

テレビでは女優が子ども用のキャラ弁を作っていた。あたしが幼稚園の頃はここまで凝《こ》ったものは存在しなかった……と思うので、これもインターネットの功罪なのかもしれない。毎朝こんな大変な支度をしなきゃいけないなんて、想像しただけで面倒くさい。

「小さい頃は、こういう感じのお弁当だった？」

ふとした問いかけに、一瞬、沈黙があった。彼女の顔に影がさしたような――けれど、瞬きをすると、百合の様子は先ほどと変わりがないように見えた。

「そうですね。幼稚園とかは、こんな感じだったかもしれません。……普段はどんな料理を作りますか?」

質問返しに、ゼリーを食べる手を止める。

『得意料理はなに?』『肉じゃがかな』という、ありそうで実はめったにない会話テンプレートが頭をよぎる。

「得意……うーん。大体なんでも、人並みには。あー、でも、魚は切り身しか買わない。揚げ物はよくやるよ」

「大変じゃないですか?」

意外そうな返答に頷く。

揚げ物は少量だとコストパフォーマンスが悪く、第一に危険だと言うのが世間の評価だろう。

けれどあたしは学生時代に飲食店でアルバイトをした甲斐あって、揚げ物にあまり恐れを抱いていない。すべては訓練のなせる技ということだ。もしその経験がなかったとしたら、おそらく全く料理の出来ない女になっていた自信がある。

「私はほとんどやらないです。きっと揚げたてはおいしいんだろうけど、いつもスーパーの惣菜ばかり」

「無理にする必要はないよ。格好をつけたけれど、大体は冷凍のフライドポテトを買ってきて揚げるだけ。あとはかき揚げ、唐揚げとか。そのくらい」

「フライドポテトを、家で？」

彼女は業務用の大袋が存在することを知らない様子だった。女子高生にとってフライドポテトは簡単に作れそうであるがご家庭では出てこない、すでに完成されたなにかなのだ。

「レンチンじゃなくてですか？」

「そう。冷凍コーナーに普通に売ってるよ。晩ご飯はいつも自作？」

「はい」

ここは単身者用のマンションだ。彼女は尋ねるまでもなくこの年齢で一人暮らしをし、エプロンをつけて豚の角煮を作っているのだ。無意味な質問だった。

「基本的には毎日、弁当も含めて三食。食材を買ってしまうと悪くなる前に使い切らなきゃと思って、休むタイミングがわからなくて」

「学校もあるのに、帰ってきてから手の込んだ物を作るのは大変だったでしょ」

百合はわずかに口ごもった。平日の夕方から角煮を作ったことには何らかの理由があるらしく、また、それをあたしに向けて言うか言わないか迷っている……そんな風に葛藤中に見えた。

「……私は今日、ちょっとむしゃくしゃした気分で」

「ふむ」

「学校帰りにスーパーに寄って。そうしたら豚バラブロックがありました。高く見えるけれど、グラム換算するとそうでもない。でも量が多い。結果高い。だからいつもは買わないんです」

百合はすらすらと言葉を紡いでいく。

「でも、今日は腹立たしいことがあったんです。私は一人暮らしだから自分の感情を自分でコントロールしなくてはいけない。思っていてもなかなか出来ない状況ではあるんですが……とにかく、これをどーん！ってやったら楽しいのかな、機嫌が良くなるのかな、となったわけです」

うーん、わかる。業務用の大袋とか、肉の塊とか、魚一匹を捌《さば》いたりするのは、自分の時間を時給換算するとお得ではないのだけれど、冒険者になったみたいでわくわくするのだ。気が合うじゃん。

と反射的に思ったものの、十二歳も年下の少女に『アタシたち、なかなか相性いいんじゃん!?』などと言おうものなら、あっという間に空気の読めないアラサーのできあがりだ。距離感が難しいわ、これ。

「ギコギコ、って肉を切り分けている間は楽しかったんですけれど、炊飯器に材料を入れる時になってやっと『あ、作りすぎたな』って気がついたんですよね」

「煮込みとかカレーでよくある現象だよね」

自炊あるあるネタとしては餃子を作った時に「思ったよりタネが少なくて皮が余った」というパターンも存在する。

「お父さんが居た頃は作りすぎてもなんとか消費できましたが、これは自分一人だと土日ずっと角煮だなと」

「……」

滔々《とうとう》と流れていく、なんてことない会話、もとい自分語り。しかし、彼女の言動の端々から感じる不穏さに、あたしの脳内でかすかに警報が鳴りはじめる。

推測するに、彼女のお父さんは単身赴任かなにかで東京を離れたのだろう。そうして、もっと邪推すると、何らかの理由で母親もいないのだろう。挨拶の時に女性の姿はなかったから。

歳の割にしっかりしていて、でも妙に警戒心が薄くて、人なつっこい。どことなく、彼女は「ワケあり」なのではないか……とあたしの勘が告げるのだ。

かといって「なんでむしゃくしゃしていたの」と根掘り葉掘り踏み込むほどに、親しい仲ではない。

あくまで軽いノリで、会話を続けよう。

「えらいねー。あたしは学生時代にファミレスのキッチンでバイトするまでまったく料理しなかったなー。高校時代、お小遣いにお昼代込みだったんだけど、おにぎりを作って持って行けば節約できたのに、なんで大人になるまで気がつかなかったのかなー、と自分にうんざりしちゃったよ。百合ちゃんは晩ご飯以外にもお弁当を用意してるんだね?」

「はい」

「えらいね。料理が好きなんだね?」

「……いいえ、別に」

百合の瞳に、すっと暗い影が落ちた。

あら、あら、あらら。このマンションに住んでいる、すなわち貧乏ではない。つまりそれほど食費を削る必要もなさそうだ。となると節約のためではなく趣味と実益を兼ねてやっているのかと思いきや、どうやら地雷を踏んでしまったようだ。

日常に潜む危険。それはいつ、どこで遭遇してしまうのかは誰にもわからない。このように、自宅でさえ安全とは言い切れないのだ。

ぴちぴちとしてみずみずしい肌の下に隠れた、どこかやさぐれた雰囲気。どうやら、むしゃくしゃしていた件は料理に起因するものらしい。

無理矢理口角を上げ、空気を和《やわ》らげようと努める。祈りが通じたのか、百合は「あっ」と手を顔の前まで持ってきた。

「えっと、あの、嫌い……ではないですが、必要に迫られて……ですね」

「楽しい時と面倒くさい時が交互に来るね。あたしも数ヶ月間ずっとコンビニ弁当だった時期があったし。一人暮らしなら、色々ね」

頑張って普通の世間話に戻そうとする彼女の気持ちに寄り添おうと思うのだけれど、これ、ちゃんとできているのだろうかと若干不安。

「なんだか、自分以外の人が作ったものを食べたくなる時、ありますよね」

「そうなのよねー」

複数人での生活は繁雑《はんざつ》で、一人が気楽だと考える人は多いかもしれない。しかし、一人暮らしの経験があるならば、一回や二回は唐突に孤独感に苛《さいな》まれた夜を過ごしたことがあるだろう。

我々のぎこちない様子をよそに、テレビでは家族が楽しげかつ爽《さわ》やかにジュースを飲み干す映像が流れる。

立ち上がってティーポットに残りのお湯を入れる。

二煎目の緑茶は、先ほどよりも濁りが強かった。

——なんか、失敗したかも。

それっぽい会話はできていたけど、なにかが違う感じがしてモヤモヤ。さて、ここから雰囲気を挽回するにはどうしたものか。

通りすがりの人間となにかの拍子に意気投合することは、低い可能性ではあるがないこともない。反対に、知らないからこそ悪気なく地雷を踏んでしまうこともある。

脳内で無難な話題を探そうとするが、いかんせん心あたりがまったくなかった。

ティーポットを持って振り向くと、俯いていた百合がなにかを決めたように顔を上げた。

「……話を、していいでしょうか」

「うん。もちろん」

軌道修正、失敗。仕方がない。

「うち、母がいなくて。父子家庭なんですね」

「うん」

彼女が自ら語るのだから、乗りかかった船のつもりで相槌を打った。

どうせ明日は休みだし。波に乗れ。流されろ、あたし。

「そのおかげで、元々料理はそれなりに。お父さんが転勤になった時、せっかく入った中高一貫校だし、家事は大丈夫だから東京に残りたいとお願いしました」

予想通りの展開ではあった。百合は話を続ける。

「家事をする。それ自体は平気です。大人になれば誰しもやることですから。でも、お昼が……」

「朝起きるのが大変？」

絶対に違うよな、と思いつつも、あまりに深刻な予想を立てるのも失礼な気がして、あたしはアホなことを言う。

案の定、彼女は首を横に振った。

「いえ。高校って給食がないので、お昼は仲のいい子に合わせなければいけなくて」

「そうね」

確かに、女子高生の頃は昼食を共にする相手は固定されていた。大人みたいにお弁当は一人で食べる、日によって外食、なんて習性はない。動物の群れみたいに、決まったメンバーで過ごすのが当たり前だ。

「みんなお弁当なんです。手作りの。その中で自分だけコンビニ弁当なのはちょっと、恥ずかしい、いや違うな……悲しい……んです」

男女平等、男も家事をすべし、とメディアで日々けたたましいほどにスローガンを掲げられて久しいが、実際あたしや彼女の親世代となると、お弁当は母親が作る場合がほとんどだろう。

今のあたしには、彼女の言わんとしていることがなんとなくわかる。

しかし高校生――百合の同級生の視点からすると、コンビニ飯の人を見て『自由に好きなものが食べられていいなあ』か『お金持ちなんだなあ』のどちらかの感想を抱くだろう。

　でも、当の本人がどう思うかはまた別の話だ。

「昼休みに他愛もないことを話す。流行り物、テストの点、芸能人。……愚痴。タコさんウィンナーとか食べながら、親の悪口を言うんです。気持ちはわかりますよ。私だって父親に不満がありますから。でも、ヘラヘラしながら聞き流しているつもりなのに、だんだんイライラ、妬《ねた》ましさが募ってきて。思ってもいないことに同意しなきゃいけない自分にも嫌気がさして」

　百合の語りはとどまることなく、合いの手を挟む余地もないから、あたしは黙ったまま、彼女の言葉に耳を傾ける。

「あんたはいいよね、お母さんがいて、家事もしなくていい。恵まれてるね……って発作的に口に出してしまいそうになる時があるんです。言えば、一瞬だけすっきりする。でも、その後が気まずくなって腫れ物扱いされるのも嫌なんです。……もしかしてもしかすると、全部冷凍食品かもしれないし、自作かもしれないし、お父さんかもしれない。でもその可能性は低い。自分だけが、自分のために お弁当を作って、必死に『普通』っぽく取り繕っている……」

百合はそう感情をぶちまけたのち、緑茶をあおった。

彼女は一人暮らしであることを、嘘をつくとは言わないが、それとなくごまかしてやり過ごしているようだった。

高校生は中学生に比べて一気に大人になったように感じるけれど、やっぱり狭い世界で、似たようなレベルの人々の集まりだ。

そこで自分が少し異質な立場であり『もしかして普通じゃないかも』と気が付いてしまうと、日常のふとした瞬間に『この人は今の自分の感覚はわからないんだ』と、勝手に理解されないような、被害者意識を持ち始める。

それは耐えがたいほどの不愉快さではない。涙を流すほど悲しいわけではない。でも、指に刺さった小さな棘《とげ》のように、メンタルを少しずつ蝕《むしば》んでいく。

その感情、覚えがあるな、と自分の爪を見る。一部分、ささくれていた。そっと親指でめくれた皮を撫で付ける。

「ごめんなさい、こんなつまらない話をして。本当に子どもですよね」

さて、どうしようか。距離を置くか、無難な返事にするか、それとも——ここで出会ったが運命とばかりに、対抗して自分語りを始めようか？

わずかな逡巡のあと、緑茶で唇を湿らせてから顔を上げた。

「あたしは……多分ね、あなたの気持ち、全部じゃないけど理解できる。もやっとはするけど……別に友達と一緒にいるのが嫌ってわけでもないんだよね。向こうにも言っていない事情の一つや二つあるだろうし……」

百合のすっきりとしたまぶたの下で、瞳がわずかに揺らめいた。

「そう……です。やっぱり色々ありますよね、きっと」

彼女は『あんたの悩みなんて、思春期にありがちな、平々凡々な、くだらないもの。大人はもっと大変なんだ』と遠回しにお説教されたがっている。

そうしてぐっと不満を呑み込んで、日々を切り抜けようと考えているのだろう。

「さっきも言ったけど。あたしは高校時代にお弁当を作ってもらってなくて。三年間ずっと、購買のパンを食べてたよ。お小遣いと昼食代が込みだったから、そもそも毎日コンビニに行けないんだけどさ。公立だから学食もないし……てか、購買がめちゃくちゃ小さくて失敗するとラスクだけに……」

脳内のシミュレーションが追いつかないので、どうでもいい話――純粋な東京出身者には北海道がいかに雄大かを話して時間を潰すと決めている――をして思考を整理する。

そのあいだに脳内でいくつかのカードを組み合わせて、無難に会話をまとめるのだ。

「早起きして一人分作るのは面倒くさいんだろうなー、あたしのことが可愛くないんだろうなーとか思っていたよ。友達が弁当を食べながら『親と仲が悪い』ってこぼしているのもほぼ一緒。『反抗期なら弁当を食うなよ！』って思ったけど、さすがに突っ込めなかったね」

『弁当作りぐらい高校生なら自分でやれ』と大人が言うのは簡単ではあるが、子どものあたしは無知で無力で、現状を改善するわけでもなく、かといって不満を表明するでもなく、思考停止のまま、三年間購買で買った焼きそばパンを食べ続けていた。

……その後、弟妹はお弁当を作ってもらっていたから、そこで更にモヤモヤしたんだよね、なんてことは、今は言わなくていいや。

『昔は苦労したけれどいい経験だったよ』というようなありきたりな話に、百合はじっと耳を傾けていた。

「まあ、よそはよそ、うちはうちだよね。その分、ほかのところで力を入れてもらってたりするわけだし……自分のいる場所が普通って考えがちだけど、世の中本当にいろんな人がいるよ」

百合は静かにうつむいた。

割り切れないのは当然だ。恵まれている人がうらやましいのは、自然な感情なのだから。

「こんな話をしてごめんなさい。わかっているつもりなのに、モヤモヤしちゃって……」

「いや。わかるよ」

あたしのテンプレートかつ上から目線のお説教で、百合はひとまず我に返ったようだった。

環境としては恵まれている。でも、彼女は「なにか足りない」というもやもやをずっと抱えて生きているのだろう。世の中、人生に足りないところがない――それは「そのように見える」も含むけれど――東京はそんな人間で溢れている。

わからなくもないけれど、そこまでは今日出会ったばかりのあたしがこれ以上踏み込むことではないだろう。理由もなしに湯呑みを傾け、底にたまった茶葉のくずをぼんやりと眺める。

「――あ、もうこんな時間。帰りますね」

百合は時計を見て、慌てて立ち上がった。

会話の始めにはもう二十一時を回っていたから当然だけど――いつの間にか二十三時になっていた。ここがお店だったならば、高校生は補導されてしまう。

「おじゃましました」

「いえいえ、あたしでよければいつでも」

今日も無難……かどうかは不明だが、なんとか乗り越えることができたとほっと胸を撫で下ろす。

玄関でそんな言葉を返した瞬間、百合の目がわずかに輝いた気がした。

「いつでもですか？」

「へっ、あ、う、うん。いつでもいいよ」

急にテンポが良くなった百合にあたしはまだついていけなくて、口が上手く回らなかった。

百合の表情がまぶしい笑顔に変わる。

「……実は、以前から諏訪部さんと話してみたいと思っていて」

「えっ」

照れながら言われた言葉に、驚愕。

まさか隣人に興味を持たれているとは想像できなかった。むしろこちらの名字を覚えているだけで奇跡だと思うぐらいだ。

「大人のお姉さんだな、って。でも、特に理由もないのに、子どもが絡んできたら迷惑じゃないですか」

迷惑とまではいかないけれど、身構えてしまったのは否定できない。

「でも、あの時帰ってきた物音が聞こえて。勇気を出して話しかけて良かったです。明日から頑張ります」

「あ、うん」

今回は上手くいっただけで、今後あたしが百合の人生になにか影響を与えられるとは思っていない。彼女は思春期のモヤモヤを友人や親にさらけ出すわけにもいかず、たまたま見つけた隣人……まったく接点のない、つまるところ「王様の耳はロバの耳ー！」と叫ぶ穴を発見しただけだ。

年齢が離れていて。親戚ですらなくて。ただの隣人で。

今の会話は社交辞令にすぎないと、社会人生活で身につけたはずなのに。

「……キョウコ」

「？」

「名乗ってなかったなって。京都の京に子どもの子」

あたしはなぜだか、彼女にもう一歩、近づかなければならないような気がした。

「京子さん、ですか。改めてよろしくお願いします。……では、失礼しました」

サンダルを履く百合の背中を見つめる。その時、なぜか——先ほどもだけれど——言葉が飛び出した。

「あー……この近くにさ、新しいスーパーが出来たの知ってる？」

またもや、自分で自分がわからない。誘い文句ならもっと、ほかにいい場所があるはずなのにね。

「え？」

百合は振り向いた。まあ、「話してみたい」との言葉が本当に社交辞令ならば、彼女の方から断ってくれるだろう。

二章

早朝、電車の通過音で目が覚める。時計は六時半。カーテンを透過する光の加減を見るに、天気予報の通り快晴らしい。普段はアラームを七時にセットしているにもかかわらず、予定より早く覚醒してしまった。

遠足の日だけ早起きする小学生か、あたしは？

約束がある。二度寝はリスクがある。先輩が貸してくれた自己啓発本に「休日の寝だめは意味がない。睡眠のリズムは常に一定にすべし」と書いてあったため、それを実行しようかと起き上がる。

意識が高いわけではないけれど、「わたくしも朝活をやってみましたの」と話のネタにはなるだろう。

「朝起きてすぐに太陽の光を浴びる、っと」

そうしたいのはやまやまだけれど、あたしは妙齢の女性だから、起き抜けに紫外線の直撃を食らうのは避けたい。軽いUVカット効果のあるジェルクリームを塗って、コップに水を満たしてからベランダに出る。

日光浴のついでに植物の水やり、あとはラジオ体操でもしてみようか。我ながら完璧な作戦だ。

「はぁー、東京は今日も空気が汚ねぇ」

「京子さん」

「うおっと!」

百合がピンクのサンダルを履き、すとんとしたシルエットのミントグリーンのワンピースを着てベランダに突っ立っていた。今の悪口、もしかして聞いていました?

「おはようございます」

ベランダ間の仕切りはまだ復旧していないから、遮るものは何もない。互いに姿は丸見えだ。

「お。おは……おはようございます」

当然のことながら、女子高生は元々すっぴんなので昨日と同じ顔だ。あたしは「化粧してもしなくても変わんないね」と言われがちなので、別人級の変貌はしていないと思うが、それでも素の状態でハイティーンと向き合うのは精神に負荷がかかる。

「早いね？」

「いつも同じ時間に起きるようにはしています」

部活動かなにかかな？　ぐらいの、控えめでありながらしっかりとした受け答え。

昨夜の闇落ちガールとはまるで別人だ。まあ、夜って変なテンションになりがちだからね。この年でここまで自己管理が身についているなんて、やはりしっかり者は違うな。

「そうなんだ。もしかして自分がうるさくしちゃったかなと思って」

会話をしながらコップの水を均等に、植物たちに継ぎ足していく。

「いえ、まったくそんなことは……ベランダに緑があるのっていいですよね」

「まあ、これ、植物、まあ……うん」

ベランダガーデニング、と表現すれば格好がいいが、あたしのやっていることはいわゆる「再生野菜」とか「リボーンベジタブル」と呼ばれるもので、野菜のヘタを水につけておくと葉っぱがにょきにょき伸びてきてそれを食べられますよ！　という家庭菜園と言えるのか微妙なレベルの代物でしかない。

主なメンバーはニンジン、ダイコン、コマツナ、ネギ。

これらを牛乳や豆腐のパック、空き瓶に入れて水を与えるだけ。あとは育成が適当すぎて葉っぱの固くなっている大葉やバジル。毎年タネから栽培している朝顔。室内には、種から育てたアボカド、百円ショップで買ったポトスに、近所のおばあさんが通りがかりにくれたアイビー。

再生した野菜、といってもほんの少量でしかないから、味噌汁の具や、刻んでチャーハン、もしくは餃子の具にちょっと混ぜ込むぐらいの量しか採れない。

採れたてが新鮮とか、食費が浮くとか、そのようなプラスの効果は数字ではほとんど表れることはないが、元手はゼロだし環境に良い気持ちになるので続けている。

そんな微妙な野菜たちを、百合はなぜか嬉しそうに見つめていた。

「かわいいから自分も真似してみようかな、でも私も始めたら『うわっ！　こいつ隣のベランダを覗いてる！』って思われたら気まずいなって……いえ、見てはいるんですけど」

「むしろこっちは『うわ貧乏くさい』って思われてないかなーって感じだよ」

「まさか。部屋にも観葉植物がありましたよね。あー、これも本物だーって」

「アイビー、分けようか。水につけておくだけで根っこが生えてきてそのまま育つよ」

ベランダから自室に引っ込み、伸び放題で垂れ下がったアイビーを少量切りとる。

捨てるつもりで洗っておいた空き瓶に水を満たし、葉を添えて完成。

「はい。一丁上がり」

「いいんですか？」

「元々近所のおばあさんが刈り込んでる時にくれたやつだし、アイビーも勢力が拡大した方が嬉しいと思うよ」

「では、ありがたくいただきます！」

「それじゃあまた後で」

「はい！」

そう。また後で。今日は予定がある。あたしは昨日の夜『一緒に近所のスーパーへ行こう』と彼女を誘ったのだ。

もしも百合に引き続き交流する気があればいいきっかけだし、なんとなくの気まぐれで声を掛けただけで、ただのお隣さんに戻るならそれもよし。

結果としては、百合は二つ返事で承諾し、なんと連絡先まで交換してしまった。

正直、昨夜の出来事はあたしの妄想だったかもしれないと思わないこともなかったけれど、すべては現実のようだった。

朝食を食べよう。二度目の正直、卵かけごはん。緑茶の佃煮を添えて。緑茶の出がらしをレンジで乾燥させ、一晩置いてさらに乾かし、醤油、みりん、ゴマで味付けをして完成。素敵な言い方をすれば「茶葉の栄養をまるごといただく」と表現できるだろう。

……彼女はなんでも褒めてくれるけれど、さすがに飲んだ後のお茶っ葉を食べるのは年齢差以上のジェネレーションギャップがありそうなので黙っておこう。

食後に洗濯機を回してからぼんやりとネットサーフィンなどをしていると、瞬く間に時間が溶ける。早起きした意味がまるでないが、休む日と書いて休日。これもまた正しい休みの使い道だ。

『準備ができました！　そろそろ行きます』

パッとスマートフォンに通知が出た。

立ち上がり、鏡の前で服装のチェックをする。オフィスではちょっと緩すぎるかな、と普段着に降格させられた水色のオーバーサイズシャツにベージュのチノパン。足下は白のスリッポン。きれいめカジュアル……で決しておばさんスタイルではないと思いたい。

アクセサリーボックスから、今日身につけるものを探す。

一人暮らしをはじめてから、外出する時は必ずピアスをつけるようになった。

耳元に輝きを足すと急に立派な人間に見えてくるから不思議だ。かと言って百貨店で売っているような高級品——ダイヤモンドなんて買えるはずもなく、よく似た別の石——キュービックジルコニアに地金の部分はゴールドフィルド——いわゆる金メッキ。いくつかあるうちの一つを選び出し、身につける。髪の毛は後ろで緩くまとめ、風でぐしゃぐしゃにならないようにする。

ドアを開けると、ちょうど百合が部屋の鍵を閉めているところだった。おへそが見えそうなすとんとしたシルエットの白くて短いスウェットにジーンズ、スニーカー。くしゃっとしたナイロンのポシェットに、カラビナでエコバッグがくっついている。

あたしが着ると、どこからどう見ても部屋着にしか見えないだろう服をきれいに着こなしていた。

「よし、行こうか」

「はい。あの」

「ん？　先にお金でも下ろしに行く？」

なにかトラブルでも発生したのかと思いきや、そうではなかったらしい。

百合は生真面目にぴしっとお辞儀をした。

「誘ってくれてありがとうございます！　あのままだったら、『あー、なんで私あんな変なこと言っちゃったんだろう⁉』って夜眠れなくなっていたと思うんです。明日の予定があるだけで気持ちが楽になりました」

そこまでがっつりお礼をされるほどのことではない。背中がむず痒くなり、軽く頷いて返答に代えるのがやっとだ。

……しかしやはり、昨日のあたしがなしたのは、諸葛亮孔明《しょかつりょうこうめい》レベルの神采配だったと評していいだろう。悪い妄想にとらわれる夜ほど気分が落ち込むものはないからね。

マンションの入り口では管理人兼大家《おおや》さんが生け垣のモッコウバラを刈り込んでいるところだった。奥さんとは違って物静かな人だ。連れだって挨拶をする我々を見て一瞬だけ「あれっ？」とした顔になったけれど、すぐにいつものえびす顔に戻った。

「まずは駅まで出て、そのまま国道十七号線沿いをまっすぐ……」

「……それってどこですか？」

免許を持っておらず、サイクリングが趣味でもなく、日々の生活を電車でまかなっている人間にとっては道路はただの道路。名前なんてどうでもいいのだ。

「駅前のデカい道のこと。白山通り《はくさん》」

「あそこってそういう名前なんですか。もしかして、一般常識でしょうか」

「知らない人も多いんじゃないかな。でも道路の名前と、それがどこに繋がっているかを覚えておけばさ、いつか……災害で帰宅難民になった時に『この道をまっすぐ歩いていけば家の方角に辿りつく！』ってわかりやすいでしょ」

「なるほど！」

百合は神妙な顔をして頷いた。

あたしは幸運なことに帰宅難民になった経験はない。これからもなりたくはないわけだが、記憶の片隅にとどめておくだけで絶望の淵から生還できる可能性が上がるのだ。やらない手はないと思う。

お互いに自転車を持っているのは非常に都合が良かった。これが男女であればサイクリングデートと表現しても差《さ》し支《つか》えない。ま、行き先がスーパーだとロマンチックさのかけらもないが……

あたし達の住んでいる地区は職場まで乗り換えなし、複数路線が使え、近所にはまあまあ偏差値の高い中高一貫校などがあり治安もよし。ただしおしゃれ感はまったくない。たとえ東京都民だとしても地名を聞くとほぼ「その駅って何線？」と考えるだろうし、かつてのあたしと同じく「その地名は初耳だ」と思う人もいるだろう。

そんな時は魔法の言葉「池袋にわりと近いです」ですべてが解決する。

位置的には都会であるものの、アーバンライフとはほど遠い下町感がものすごい場所、それが我々の愛すべき最寄り駅と言うわけだ。

であるからして、行き先はお洒落な朝市ことマルシェでもなければ、自然派食品の店でもなく、物産展でもない。目的地はいわゆる業務用と呼ばれる大袋の商品を売っているスーパーマーケットだ。まあ、現代においては業務と謳《うた》っているだけで、個人向けであるらしいが。

安かろう悪かろうとは言うものの、お買い得品も少なからずある。以前はもっと遠い店舗に通っていたのだが、最近ほど近い場所に新店舗がオープンしたのだった。

「おっ、見えた」

目的地までは迷う余地もないほどに道はまっすぐで、電動アシストがないただの自転車でも苦にならない。スーパーの駐輪場は非常に混雑しており、あふれた自転車は歩道まで浸食している。

整理係のおじさんがなんとか隙間を作り出そうと奮闘中だ。少し待機し、買い物終わりの客が出るのを待ってその隙間に滑り込ませる。

「相変わらず混んでるな」

「テレビでも特集されてますものね。でも……ちょっと、入りにくいかな」

百合はしげしげと、わかりやすく——非常にわかりやすく、ででんと大きく店名が書いてある看板を見上げた。たしかに女子高生が入るには勇気のいる外観だとは思う。

薄暗い照明の下、おじさん、おばさん、外国の方、主婦、大学生。年齢も人種も様々な人々で店内はごった返している。

「写真を撮ってくれませんか？」

「いいけど」

記録に残す。それだけで、ただ見知らぬスーパーにやってきたという事実が良い思い出らしきものに変換されてしまいそうなのが面白い。

百合はスーパーの前で佇み、両方の指を合わせてひし形を作った。

そのポーズ、何？

「ひし形ハートって言うんですよ」

「へぇ……」

今のハートじゃなくない？　と言うのは野暮だろう。世界にラブがありさえすれば、形なんてどうでもいいのだから。

そんなことを考えつつ、店内に入る。中は雑多な雰囲気だ。

北海道と東京では、気候も街の造りも違う。棚から溢れた商品は段ボールのまま陳列され、値札がクリップで留められている。品物を吟味中の客の後ろを通り抜けるために、細心の注意を払って体をひねらなければいけない。

売り場の広さに制限があることが多く、ごちゃっとした配置になってしまうのも都会ならではの雰囲気だと、たまにしみじみ考える。

「えーと」

百合は昨夜のうちにスーパーのおすすめ商品を調べたと、スマートフォンを取り出した。かと思えば、画面を確認した瞬間に苦々しげな顔をして、こんなもの見たくないとばかりに端末をポケットにしまい込んだ。不審だ。

「どうしたの？」

「いえ、特に、何も。私、変な顔してました？」

顔を上げた百合はごく普通の、愛想のよい少女というところ。

それなら今のは見なかったことにしましょう。触らぬ神にたたりなしってね。

パイナップルの缶詰九十八円を手に取り、かごに入れる。安すぎてどうやって利益を生み出しているのか謎だ。

「駅前のスーパーよりだいぶ安い感じがしますね。というか見たことがない商品ばかり」

何事もなかったかのような百合のコメントに頷く。

駅の出入り口、あたしたちが使っている側のスーパーは高級店とまでは言わないものの、多少こだわった品が置いてあり、あまり金銭に頓着がない人が行く店だ。

「主力のメーカーが違うからかねー」

似たような食品でも価格は千差万別だ。世の中、高い安いには理由がある。

小声で会話をしつつ、妥協点を探るべく棚から刻み海苔のパックを取り、裏面の表示に目を走らせる。

「海苔って高いですよね」

「わかる」

のり弁と言えば安いお弁当の代名詞だし、コンビニのおにぎりにも巻かれているぐらいなので普段はあまり意識しないけれど、海苔は買うと高い。グラム換算すると肉よりもだ。頂き物の海苔はびっくりするほどおいしいが、それに恒常的にお金を払えるほどの身分じゃあない。

「たまにサラダ巻きを作るのに大きな海苔を買うけど、なにせ雑な性格だからさー、きちんと保管しないで湿気《しけ》ちゃうんだよね」

「サラダ巻き！　作るんですか？」

「簡単だよ。巻き簀《す》がなくてもラップでなんとかなるし」

そのときふと、一人では絶対にやらないが、複数人がいるのならば手巻き寿司、鍋、たこ焼きなども楽しそうだと妄想が膨らむ。

そうだ、今日はあたしが彼女に晩ご飯を振る舞おう。と脳内で壮大な計画が頭をもたげた。

そんなあたしの思考をよそに、百合はスパイスの棚に齧《かじ》りつくようにしてあれこれと物色していた。わかる。それもあたしが通った道だ。使いこなせるかどうかは些《さ》細《さい》な問題でしかない。家にスパイスがある。存在する、その事実が人生に彩りをもたらすのだ。

「おすすめはこれ」

スパイスを選び終えた百合を伴って最後に向かったのは冷凍食品のコーナー。冷凍のショーケースからフライドポテトの袋を取り出す。一キログラム三百九十八円也。

「あっ、なるほど。こういうの」

「お店だと一皿でこのぐらいの値段だよね」

二人ならすぐに食べられるでしょ、とポテトをかごに追加する。

すでに中には鶏むね肉二キロのパック、ツナ缶、カニカマ、海苔、その多大勢が投入されており、重量はざっと米袋と同程度になっている。

もちろんしがないＯＬが体を鍛えているはずもなく、腕が若干悲鳴を上げはじめている。

百合が買ったのは巨大なケチャップとマヨネーズ、大量のスパイス、輸入品のビスケット、なぜか梅昆布茶の缶だ。

「野菜類はあんまり置いてなかったですね」

ごみごみしたレジを抜けて店の外に出てから、百合はぽつりとつぶやいた。

この店舗は保存の利く物が多く、生鮮食品は少ない。駅前のスーパーと商店街の方が小分けで良い品が手に入るだろう。

「そうだねえ、ここに来るのはたまにかな」

「もう必要なものはないですか?」

よくぞ尋ねてくれました。

この流れなら自然に晩ご飯に誘うことができると、軽く息を吸う。

「……ね、今日の夜はあたしがごちそうしようと思って。でも、そのためにはあとキュウリとレタスが必要だからもう一件……」

自転車のかごはパンパンだけど、まだすべての材料は揃っていないのだ。己の計画性のなさが身にしみる。

「それなら、ちょうどうちにありますよ。むしろ買いすぎで余っています」

彼女の部屋にはスーパーで出会った「六本で百九十八円」のキュウリがあと五本眠っているのだそうだ。

ありがたく食材を分けて貰うことにし、あたしはスーパーのはしごから逃れることができた。

マンションに戻って廊下でいったん百合と別れ、部屋に買い物袋を運び込む。冷凍庫にポテトをしまい込もうとして、思いの外《ほか》中身がびちびちだったので慌ててきっちりと詰め直す。

夕飯までに準備を整えておかなくてはいけない。

慌ただしくチャイムが鳴り、百合がキュウリとレタスを持って現れた。

「サンキュ。助かったよ」

「なにかお手伝いしますか?」

「大丈夫。用意が終わるまでそっちの部屋で勉強でもしていて」

「では、よろしくお願いします」

そう言って百合は自分の部屋へと戻っていった。

彼女の話によると、学校では毎週英単語の小テストがあり、なんとその範囲がざっと五百単語ほど。おそろしい話だ。自分が彼女の立場だったら料理する余裕もなく、毎食コンビニで済ませているに違いなかった。

脳内でタスク表を作りながら手を洗う。人に提供するのだ、衛生にはより気をつけねばならない。

まずは米を炊く。次にパイナップルの缶詰を開け、汁を耐熱容器に移し替える。電子レンジで温め、ゼラチンを適量——適当に溶かす。パイナップルのうち三切れほどは一つずつラップにくるみ、輪切りのまま冷凍する。簡単だがひんやりとした良いデザートになる。

残りは細かく刻んでゼラチン液に混ぜ込んで冷蔵庫へ。数時間後にはパイナップルゼリーの完成だ。これは明日の朝食にする。

次は鳥むね肉だ。ぴっちりと密封されたパックを切り開き、一枚ずつ包丁を入れて観音開きにする。フォークで両面にぶすぶすと穴を開け、一口大のそぎ切りにし、料理酒を振りかけてからポリ袋に入れ、冷凍庫の隙間に押し込む。

今日食べる分の二枚だけはニンニク、ショウガ、醤油とゴマ油で下味をつけ、冷蔵庫で寝かせておく。

たまに味のレパートリーを増やした方がいいかもな、とは思うのだが、自分のためにしか作らないのでいつもワンパターンになってしまっている。

ツナ缶を開け、しっかりと油を切る。マヨネーズと合わせてツナマヨを作るのだ。コンビニのツナマヨはなぜあれほどまでに美味いのか。色々レシピを試してはみたものの、まだ解明には至っていない。隠し味に醤油とうま味調味料を少々入れて混ぜる。レタスをちぎり、適度な大きさに。卵焼き器で薄焼き卵を作り、細切りに。キュウリ、カニカマも同じく。

炊飯が終わったらボウルに米を移し、穀物酢、砂糖、塩を4：2：1で混ぜ、ご飯に回しかけ、しゃもじでざくざくと縦横に、その次は下からすくいあげるようにして混ぜる。お櫃《ひつ》がないので平らな皿に広げ、パタパタとフリーペーパーで扇《あお》ぐ。作り方は適当だが、自分が満足出来る水準には仕上がる。問題ない。

巻き簀《す》は持っていない。ラップの上に海苔を載せ、上三分の一を残し、酢飯を平べったく伸ばしていく。半分より下に具をランダムに並べ、下側から力を込めて巻いていく。そのままいったんなじませる。

あとはメインの揚げ物だ。……肉、ポテト、サラダ巻き。もう一品ぐらい軽くつまめる品があってもいいのではないかと思う。百合からもらったキュウリが一本余っている。

冷蔵庫を開けてみる。ミニトマトが目に入った。

これだけでも「なにかもう一品」を作り出すことは可能だ。しかし「おもてなし」のコンセプトには遠い気がする。大人っぽさがあり、なおかつパーティー感があり、手軽に手に入るもの……

「……買いに行くか」

近所のコンビニに駆け込むことにした。最近のコンビニの進化はめざましい。単身世帯が増えたせいか、小分けのお惣菜や酒のつまみのような商品が沢山販売されるようになった。その中から、生ハムとチーズを選び出す。ガラスの器にでも盛り付ければそれなりの見た目にはなるだろう。衝動的に、目についたちくわも購入する。スーパーの方が安いが後悔先に立たず。

思いついてしまったのだ。ホームパーティーっぽく、手軽なもの。

それは「チーズちくわ」だ。ちくわの穴にチーズを詰めたアレ。キュウリもあるので「キュウリちくわ」も作成可能だ。あとはミニトマトでも盛ればそれっぽくはなるだろう。

……オードブルというより、運動会のおかずだな、これは。

帰宅後はメインの揚げ物に取りかかる。鍋が二つあるわけではない。順番が肝心だ。唐揚げをすると油が汚れるから先にフライドポテトを投入し、横目で様子をうかがいつつむね肉に片栗粉をまぶす。ポテトをザルにあけ、肉と入れ替える。

「よし」

時計を確認する。約束の時間にはまだ少し早い。はしゃぎすぎてしまったか。

「まあ、とりあえず連絡するか」

『もうすぐ出来るよ！　いつでもオーケー』

メッセージを送ったが、すぐに既読はつかなかった。

集中して勉強しているのだろうと、鍋から回収した唐揚げをキッチンペーパーの上に載せていく。

準備がすべて完了し、迎えに行こうかと思った瞬間に『終わりました！　今から向かいます』と返信が来た。

それとほぼ同時にチャイムが鳴り響き、モニターにはウーロン茶のペットボトルを胸元に抱えた百合がカメラを覗きこんでいるのが映る。とりあえず、気まずくならないようにテレビでも点《つ》けておくか。玄関のドアを開けると、昨日と同じピンクのサンダルを履いた百合がにこっと笑った。

「お邪魔します」

「ようこそー。メニューはサラダ巻き、フライドポテト、唐揚げ、オードブル。デザートには冷凍パイナップルでございます」

「えっ、すごい。お誕生日会みたい」

お誕生日会。その名の通り、自宅で誕生日に友人を招いてパーティーをすること。なんとも懐かしい響きだ。小さい頃は友達の家によくお呼ばれしていたっけ。まだ存在する文化だったとは驚きだ。

「ま、大層なものじゃないけど。召し上がれ」

昼食には遅く、夕食には早い時間帯。

しかし休日だ。細かいことはいいだろう。テーブルを見渡し、オードブルとサラダ巻きの彩りがポテトとチキンのジャンキーさを緩和しているのを確認し、満足する。

「こんなにごちそうになっちゃって、いいんですかぁ」

もちろんよ。と頷くと、百合はニヤニヤしながら写真撮影をした。料理を背景にツーショット写真でも撮りましょうよ、と言われたらどうしようかとちょっとビクビクしていたのだけれど、彼女の被写体は静物《せいぶつ》がメインらしく、ひとしきり写真を撮り終えた百合はスマートフォンを無造作にテーブルの上に置いた。

その瞬間、画面上にぱっとメッセージが表示されたのを、見てしまった。

百合はすぐさま画面を伏せてひっくり返す。

「友達？」

「いえ、スタンプ目当てに登録した企業のアカウントですよ」

温度差のある返答に昼間の一件を思い出したが、追及はしない。あたしと彼女はただの隣人なのだから。

「では、いただきましょう」

「いただきまーす」

唐揚げを一口頬張る。うん、むね肉がパサつかずに良い出来だ。

「いろんな物が少しずつ食べられるのは、豪華でいいですよね」

一人暮らしだと品数をそろえるのが億劫《おっくう》になりがちだ、どうせすぐに満腹になってしまうし、人数が揃ってこそのパーティーメニューなのだ。

「ね」

相槌を打つと、百合はいつもこうだったらいいのにな——と小さくこぼした。その呟きはきっと、あたしに向けてではないだろう。

デザートとして冷凍パイナップルを切って皿に盛る。

あたしとしては給食に出てくる懐かしデザートの第二弾のつもり……なのだけれど、百合は「そんなのありましたっけ？」と首をかしげた。またもやジェネレーションギャップ……いや、これはただの地域差に違いないと信じたかった。

場を埋めるためだけにつけられたテレビは、ワイドショーと再放送のドラマで埋め尽くされている。同じ局の新番組なのだろう、恋愛ドラマの宣伝と称して序盤のストーリーが紹介されていた。

芸能人に疎い自分でも覚えているレベルの若手女優と俳優がテーブルを挟んで会話する場面が流れている。

『あなたと同居なんてできません！』

『そんなこと言って、行くアテがあるのかよ？』

『うっ……そ、それは……』

『別に同居じゃあるまいし、店子《たなこ》はありがたい。これまで通り会社では他人を貫き通せばいい』

状況から察するに、様々な要因が重なって家も貯金も失った女性が、敷金礼金不要のぼろアパートに申し込んだところ、大家《おおや》は職場の苦手な男、ただしイケメン……というストーリーらしい。

ダイジェスト版らしく、すぐに場面が転換する。

『ほら、弁当。お前のぶんだ。持って行け』

『ええっ⁉　これ、あなたが⁉』

『男が料理をして何が悪い？』

『いえ、いつも彼女さんの作ったお弁当を食べているのかと……』

イケメンは毎日手作り弁当を持参しており、会社では『彼女の手作り』と言っていたが実際には本人の自作であった。ヒロインはそのイケメン手作り弁当を食べ、料理上手さに恐れおののく……そんな感じで番組紹介は終わった。

「なるほど、オフィスラブと秘密の同居を合わせた話ね」

「面白そうでしたね。今夜見てみようかな」

百合は大分興味を惹かれた様子だ。やはり一般的な女子は恋愛ドラマが好きなのだろうか、とあまりドラマを視聴しない自分としては少し焦る。

洗い物をしますよ、という百合の提案をありがたくお断りして、百合を部屋に帰す。

食器を片付け、軽く掃除。ちょっと一息とネットサーフィンをしていると、あっという間に夜の二十一時を過ぎていた。点《つ》けっぱなしのテレビでは、先ほど話題に上がったドラマが放送中だった。

今、百合も隣の部屋でこれを見ているのだろうか。

せっかくだから流行に乗ってみようかと、そのままテレビを流しておく。

夜、ヒロインが残業している。そこに大家《おおや》、兼先輩のイケメンがやってくる。先に帰宅するから弁当箱を返せ。まとめて洗うから、と告げてくる。

『全部食ったのか？』

『もちろん、食べましたよ。……おいしかったです』

『まあ、オレはお前とは違うからな』

イケメンは小馬鹿にしたような顔もイケメンだ。ツラが良ければ大体なんでも許されるのだよな。誰が言ったか、外見は地区予選、内面は甲子園《こうしえん》。地区予選を突破しなければ甲子園に辿りつくことはできないのだ。

『はっ？　バカにしないでくださいよっ！』

ヒロインが勢いよく立ち上がる。この会話が現実で発生した場合、間違いなく修羅場だ。

『できます。私だってできます。明日は、私がお弁当を作ります！』

『は？　お前料理できないって言ってたじゃん』

『好きじゃないだけです！　本気を出せばできます！　借りを作りっぱなしなんて、性に合わないんですっ！　というわけで、明日はお弁当を作らないでください！』

『ふーん。弁当もオレが添削していいわけ？』

イケメンが嫌みったらしく、書類に付箋がベタベタ貼られたものを突っ返す。

こんなことされたら食欲がなくなるわ。というか、その大量の紙書類、一体なんなんだよ。まあいいけど。

『の、望むところですよ？』

『ふーん。ま、楽しみにしてるわ』

最後にイケメンがデレて番組はＣＭに入った。

なるほど。嫌みなイケメンと少しおっちょこちょいな女子のオフィスラブものですね。

視聴を切り上げてシャワーに入る。風呂場でぼんやりとしていると、洗濯物を干しっぱなしだったことに気がつく。

シーツを回収するためにベランダに向かうと、気配を察知したのか、隣から百合が顔を出した。

「見ました？」

おそらくドラマのことを言っているのだろうから、正直に「明日弁当を作りますって宣言したところまでなら」と返答する。

「その後は見なかったんですか⁉」

「いや、どうせヒロインが作った弁当はぐしゃぐしゃで、でもそれを男は食べるって展開でしょ？」

「当たってますけど！　そのまんまですけど！」

ベタな展開だなあと思うものの、みんなが好きだから王道なのだ。自分が「斬新で面白い」と感じても、よくよく分解してみると定番のストーリーラインだったりするものだ。

「……あのー、京子さん」

「はい」

どうやら、ドラマの話はなにかの取っ掛かりだったらしい。シーツを固定した洗濯ばさみを外す。

「会社に行くとき、お弁当、持って行ってます?」

「たまに。毎日はしない」

日々のノルマにすると疲れるし、せっかく東京で働いているのだから都会っぽいオシャレなランチもしたい。たまに自分の中で熱狂的な節約ブームが巻き起こる時は、しばらくお弁当生活にチャレンジすることもある。つまりはその時のノリ。

百合がもじもじと下を向いた。これはアレだな、なにかまたあたしに言いたいことがあるっぽい。

「……あのー。もし、ちょっとでも無理だったらお断りしてくれていいんですけど……」

「なにかな？」

昨夜とほぼ同じパターンの会話。接触が続くということは、つまり彼女はまだあたしと親しく交流を続けようと思っているに他ならない。

「月曜日……京子さんの分もお弁当を作っていいですか？」

「へっ」

さすがにこの展開は予想外であり、どう対応すべきか、少し返答に困る。これが友達同士だったならばバレンタインの友チョコならぬ友弁当、で話が片付くかもしれないが、ここまで立場が違うと材料費や手間賃などはどうやって換算すればいいのだろう……と意味もなく脳内でエクセルのファイルが乱舞する。

言葉に詰まると、百合が顔をあげた。

「……キモいこと言ってすみません。やっぱ今のナシでお願いします」

「いや。全然かまわないんだけれど、それって百合ちゃんにメリットがあるのかなって思って」

アラサー女の胃袋を掴んだところで、特になにも起きないことは明白だ。

彼女の人生におけるモチベーション維持のためなら協力するのはやぶさかではないが、そんな話を切り出したのは、何がきっかけなのだろう。

風が強く吹き、百合の黒髪をざあっと巻き上げた。

「ドラマの最後に、人のためにお弁当を作るのって楽しいかも、って台詞がありまして。少しはやる気が出るかな……？　と」

弁当作りが楽しいのは対象に愛があってこそだと思うけれど……それは今言っても仕方がない。

あたしは代替品。蟹に対するカニカマ。バターに対するマーガリン。もしかして、以前の彼女はお父さんのためにお弁当を作っていたのかもしれない、なんてことを考える。

「あー、マジで慣れ慣れしいこと言ってすみません。忘れてくださ……」

百合はそんな無言を否《いな》、と捉えたようだ。いやいや、それはかまわない。ただ、もう一つ先に本当の答えがあるような感覚があって、あたしはそれを探している。

「いや、楽しそうだと思う。自分で作ると何が入っているかわかってしまうから、ワクワク感が……」

そこまで答えて、ようやくあたしは一つの推理に辿りつく。

「そうだ、お弁当交換をしよう。お互いに、相手のために作る。ネタバレはなし。それなら、ある意味平等だし」

「本当ですか⁉」

百合は一歩前に身を乗り出し、ベランダの仕切りだった部分を越えた。

どうやら、あたしは彼女の求める百点満点の答えに辿りついたらしかった。

三章

あたしと隣人の女子高生との出会いは、人生にちょっとした変化をもたらした。

ひょんな思いつきから、お互いに弁当を作って交換することになったのだ。

こちらが電車通勤のため、十五分程度早く家を出る。その時間に合わせてそれぞれ弁当を作る。

とはいっても、昨夜の残りのおかずやあらかじめ作成して冷凍した物を詰めるだけだ。自分の分だと「面倒くさいから今日はいいや」となるが、他者が絡んでくるとそうもいかない。

「よっと」

卵を一つ、小さな耐熱容器に割り入れる。細かく切って冷凍しておいたネギと塩こしょう、そして隠し味のマヨネーズ。まんべんなく混ぜてからレンジで加熱。

ふわふわのオムレツとも卵焼きとも言えない物が出来上がる。きちんと焼いた品には劣るが、電子レンジに入れっぱなしでよいので楽だ。ネギを入れることで彩りもアップする。

今日はその他にコマツナのゴマ和え、サツマイモの甘露煮、レンコンの挟み焼き――冷凍のパラパラひき肉に、細かく刻んだニンジンとシイタケを混ぜ、レンコンでサンドイッチ状態にしたもの――を入れた。

米の部分が寂しくないように雑穀を混ぜ込んだものにして、小さい梅干しをのせる。弁当箱は黒。黄色、緑、紫、茶色。なかなか彩りよく出来たかな。

「うーん、これは我ながら、ていねいな暮らし」

自画自賛とはこのことだが、自分で自分を褒めてやらなければ。キャラ物のランチョンマットで弁当を包み、せっかくお弁当の日なので、お茶を水筒に詰めてバッグにしまい込む。

玄関を出ると、ちょうど百合とかち合った。

「おはようございます！」

「おはよう」

朝から元気はつらつ、百合の髪の毛は今日もつるつるだ。若さのなせる技なのか、髪質か、それともたゆまぬ努力の結晶なのか。

「はい、お弁当」

「私もです」

「何入れた？」

「秘密です」

小悪魔だなあと思いつつ、あたしも答えをはぐらかした。お楽しみということで。

満員電車は相変わらず殺人的な混雑具合だ。スマートフォン登場以前、人類はどうやってこの時間をやり過ごしていたのだろうと考えてしまう。

見知らぬ女学生がこちらに身を寄せてくる。どうせ他人と密着せねばならぬなら同性同士にしようじゃないか、との合理的判断だろう。途中の駅でさらに乗客が増え、見知らぬおじさんのビジネスバッグの角が体に食い込む。

駅からのびる地下通路をせかせかと歩き、職場であるビルになだれ込むようにして到着した頃にはうっすらと汗をかいていた。

バッグの中でハンカチを探していると、偶然エレベーターに乗り合わせた後輩から挨拶がわりのお誘いを受ける。

「諏訪部さん、メガバンとの合コンって興味あります?」

「いやあ、ないね」

あたしの返答に後輩は焦りもがっかりもせずに「そうですよね」とだけ告げて先にエレベーターを降りた。

なんとなくの決めつけではあるが、合コン好きの層と会社に弁当を持参する層はかみ合わないのではないだろうか。

メガバンで三年経っても生き残っており、その上合コンにまで参戦する人種というのは、相当自信と活力に満ちあふれているのだろう。どう考えてもあたしと話が合うわけがない。

というわけで、代打のご提案は謹んでご辞退させていただいた。

メールチェックの後は、無の境地で日々のルーチンワークをこなす。月曜日はやることが決まり切っているので仕事が捗《はかど》る。

そうこうしている間に、あっと言う間に昼休憩の時間となった。

人気がまばらなオフィスで一人、アルミで作られたシンプルお弁当箱を開ける。

まず目に入ったのは照り焼きチキン。つやっとした照りに、蛍光灯が反射している。

そのほか卵焼き、ブロッコリー、ミニトマト、ひじきの煮物。

定番であるが、老若男女すべてに対応可能な万能メニューだ。

自分の作った弁当は、もしかしなくても地味すぎたかもしれない……と思わなくもなかった。

「おっ、諏訪部ちゃん、今日は弁当か。花嫁修業か？」

「そんなんじゃないですよー」

課長が声をかけてきた。彼もまた「弁当組」なのだ。セクハラだのパワハラだのが話題になり始めて久しいが、世の中のおじさんのテンションはこんなもので、別に悪気があるわけではないのだ。

一般的な社会人が暇な時に話す内容と言えば恋愛、仕事、家族。田舎なら車かショッピングモールの話になるので、個人的な話題には踏み込まないという最近のトレンドは現実問題としてけっこう無理がある。

「近所に友達が引っ越してきて、一緒にご飯を食べたりするようになってですね」

本当ではないが嘘でもないギリギリのラインを攻めるのは得意分野だ。

「女どうしでつるんでても、婚期を逃すぞ」

「はは。今は非婚時代って言いますから。地主の息子でも居たら紹介してください」

いちいち無神経な発言に目くじらを立てていても仕方がない。

割り箸のパチンと割れる音を合図に、気持ちを切り替える。

照り焼きを見つめる。あたしは甘い味付けが好きなので、これは嬉しいメニューだった。

なんとなく食べるのが惜しくなって、見つめてしまう。

百合はどうなったのか。今頃友人とお弁当を食べながら、何を考えているのだろう……とそわそわと何度もスマートフォンを確認したが、特に弁当に関するメッセージは入ってこない。

「これじゃあ、こっちが乙女……」

「諏訪部ちゃん、ちょっといい？」

「はいっ！　なんでしょうか！　ええ、諏訪部ですっ」

誰もいないと思っていたのに、急に背後から声が聞こえて焦る。振り向いた先には、三歳年上の野波《のなみ》先輩がいた。

「せっかくの休憩中にごめんね」

先輩は、本当の本当に申しわけなさそうな顔をしている。

「いえ。あたしなんて、常に寝てるようなものですから」

場を和ませようと自虐してみせたが、野波先輩は普通にまともな人なので『そんなわけないでしょ』とでも言いたそうな顔をした。……はしゃぎすぎてテンションが上がって、スベってしまったみたいだ。

「……今さ……なにか抱えている仕事ある？」

「いえ。差し迫ったものは、特に」

先輩はちらっと壁掛け時計を見た。一瞬、妙な沈黙が流れる。

この後に何を言われるのか大体の予測はついている。先ほど慌てた様子で携帯電話を握りしめながら廊下に行く背中を見て、それをスルーしたばかりだった。

「もしかして呼び出しですか？」

先に話を切り出すと、先輩は気まずそうに頷いた。

「そうなの……。具合が悪くなっちゃったみたいで。それで、迎えに行かなくちゃいけなくなって……」

保育園に我が子を回収しに向かわねばならないが、それはそれとして仕事は残っており、かつ持ち帰りが出来ない。

単純にあたしに仕事を代わってほしいという話だ。

まあ、他の暇そうな人は合コンに行くしね……

「あんたの旦那はどうしたよ」と自己責任論を押しつけるのは簡単だ。

「業務命令なら引き受けます」と素っ気なく返すのも然り。

しかしまあ、そんな発言をした所でメリットは何もないどころか、相手が悪ければこちらが非難されかねない。

山もなく谷もなく、ただ平坦に。あたしが人生で求めるのは、それだけだ。

愛想良くかつドライに、飄々《ひょうひょう》として。張り切りすぎない、怠《なま》けすぎない。いなくても困らないが、いると役に立つ。そんな「普通で、都合のいい人」のポジションに収まること。

それがあたしが身につけた処世術であり、人生における目標でもある。

「いいですよ。課長に報告だけお願いします」

「本当、いつもごめんね。今度なにか買ってくるね。じゃああの、十三時半にお願いね、資料は出来てるから、目だけ通しておいてもらえると」

いちじはん⁉　と叫ばずに、先輩がペコペコしながら課長のデスクまで後退していくのを最後まで笑顔で見送ったあたしを、誰か褒めてほしい。

たとえそれが大人としての普通だったとしても、だ。

「あ～、完了、しました、っと」

先輩に長々とした――別に急に仕事を引き受けたせいで大変でしたよ、とかそういう気持ちを伝えたいわけではなくて、皆それぞれ違う人間だからどういうニュアンスか細かく書かないと伝わらない時もあるじゃない？

そんなテンションですっごく長い報告メールを打つ。

結局、お弁当を食べ損ねてしまった。そういう時もあるよね。業務命令で昼休みがなくなっちゃったのだから、とても発言して、会議室とかでお弁当を食べればいいんだ。

でも午後の会議室は埋まっている。

給湯室では他の人が世間話なのか仕事なのかわからない話をしている。

便所飯はいやだ。デスクでは皆仕事をしていて、なんだか居心地が悪い。

そうなると、食べる場所がないのだ。

まあ、一食ぐらい抜いたって平気ですよ。ほぼ手つかずのお弁当は備え付けの冷蔵庫に入っているし、家に帰って食べればいいんだから。

と気を取り直して、これぐらいはいいでしょ、とスマートフォンを見る。

『お弁当、どうでしたか？』

とメッセージが入っていた。

おいしかったよ、とだけ書いて、かわいいスタンプでも押しておけばいい。

でもなんだか、あたしはとても焦ってしまった。

「きゅ、休憩、いただいても、いいでしょうかっ！」

立ち上がって声を張り上げると、課長が『なんでそんなこと聞くの？』みたいな顔であたしを見た。

「いいよいいよ、どうせ今日は野波さんの仕事巻き取って残業だから、九十分ぐらい出ておいで！」

……いやー、残業は、聞いてないんですけど？

と言いたいところだけれど、そういえば皆合コンに行くんだったね。

「ありがとうございます。では、外に行ってきます」

これ以上何か起きてはたまらないと、あたしはランチバッグを抱えてオフィスから脱出した。

どっかいいとこはないかな～と思って、近くの公園のような、ビルに併設されている庭園のようなところにある、うねっとした形のベンチに座る。

近くにはジューススタンドで買ったバナナジュースを飲んでいるサラリーマンとか、ガイドブック片手にパンを食べている外国人観光客とか、午後から酔っ払ったお爺さんとかがいる。

色々な人がいるけれど「隣に住んでいる女子高生に作ってもらったお弁当を食べようとしている」はかなりレアだろう。

「いただきます」

手を合わせて、ようやくお弁当をいただく。

自分以外の人間が、あたしのために作ったお弁当を食べるなんて、一体何年ぶりだろう。

――卵焼きも、ひじきも、あたしが思ったのとは違う味がする。

それがいいとか悪いとかじゃなくて、お弁当の向こうに自分と違う、でもどこか似ている百合が見える。きっと百合も似たようなことを感じてくれていたんじゃないかな、と疑り深いあたしにしては素直に考えている。

多分、そんな気持ちでいた方が、ハッピーだから。

きれいに食べて、あたしはあらためてスマートフォンを見る。

『お弁当、どうでしたか？』

『とてもおいしい。ごちそうさま』

今度は、自信を持って言えた。

「だりぃ」

残業中。誰もいないことを確認し、小さな声で呟く。先輩に頼まれた用事をこなすためには一時間ほどの残業を要する。というよりは相手方を待つと言った方が正しいが。

定時に帰ることはできないが、その分の賃金は出る。だからそこまで不満はない。あたしの帰宅を待つ人もいないわけだし。

……今頃、先輩は愛する我が子と一緒に過ごしているのか〜……と思ってしまうのは僻《ひが》みが入りすぎているだろうか？

お互いに子持ちか、いずれその予定があるのならば持ちつ持たれつでやっていくのは平等かもしれないが、あたしはアラサー独身独居女で、出産はおろか結婚の「け」の字もない。

自分で選んだ生き方の結果ではあるものの、お祝いや時短勤務のサポートなどで時間と金銭、そして生命エネルギーを吸い取られるばかり、というのはたまにメンタルに「クる」。

子育てはつらいと言っても、老いていくばかりの赤の他人と顔を突き合わせて過ごすよりは子どもの方が夢と希望と愛があって良さそうに思えてしまう。

かと言って、それをしたいか——もしくは適性があるのか——と尋ねられると上手く答えられない。

机の下で足首を曲げ伸ばし、気持ちを切り替えようとスマートフォンを取り出す。

終業時間になると一気に人が減る。すなわち、多少サボってもお咎めなし、ということだ。

『お弁当、おいしかったです』と百合からメッセージが入っていた。

『良かった。今日は遅くなりそうだから、お弁当箱はベランダかドアノブに引っかけておいて』

とりあえずお弁当を交換してみる。その後の予定は、まだ何もない。

既読のマークがすぐにつき、彼女が画面の向こうに「いる」のがわかった。

『今日の晩ご飯はオムライスにしようと思います。よかったら食べに来てください』

突然のストレートパンチに、思考、停止。

文章を読み返す。よかったら食べに来てください。やっぱりそう書いてあった。

「ううーん、ここからどうしよう……」

腕を組んでうんうんと唸っていると「なにかありましたか?」と同じく居残りの同僚に声をかけられる。なにかとんでもないミスをやらかしたのかと疑われているらしい。

「いえ、なんでもありません。ちょっと人生について考えていただけです」

「ああ……諏訪部さん、そういう所あるよね。休日は寺で写経とかしてそう」

しませんよ、と否定する暇もなく同僚は去った。あたしの悩みを聞いてくれる人は会社には居ない。いや、自ら口にするはずもないのだが。

さて、どうしたものか。

金曜土曜、一日飛んで今日は月曜。週に三回会うのって親密すぎる関係じゃないか？

今後のご近所付き合いをどの程度の距離感で行えばいいのか、答えは出ていない。

とはいえ、あたしもオムライスは好きな部類だ。しばし悩み、返答をする。

こちらが既にメッセージを読んだことが相手にバレてしまっているというのは、便利な反面面倒でもある。

『それならお邪魔しようかな。でも、二十時ぐらいになるかも』

『大丈夫です。では、くれぐれもよろしくお願いします……』

その『……』はなんなんだ。意味深なメッセージを最後に、百合からの連絡は途切れた。

二十時過ぎに帰宅すると、隣室の小窓――つまりはキッチンからリズミカルな包丁の音が聞こえてきた。

もし、世間の人がいきなり隣室の小窓をのぞきこみ、馴れ馴れしく声をかけるあたしを目撃したならば「なんて危ないヤツだ」と考えるだろう。

「今、手が汚れているので、ベランダから来てくれませんか」

と、百合の声がした。

いったん部屋に戻り、部屋着に着替えてから水切りラックにひっくり返してあるフライパンを手に取り、ベランダを通って百合の部屋に入る。

重ね重ね、通行人がこの場を目撃していたら通報されても文句は言えない。

三階で在宅中であるとはいえ、窓が無施錠なのは若干無防備すぎるだろうか。というか、この移動方法が便利すぎてベランダ工事の人が来なければいいのに……とすら思ってしまう。

百合は先日のように、エプロンをしてタマネギを刻んでいた。タマネギを切っても涙が出ることがなくなったのはいつからだろう。知らぬ間に品種改良されているのかね。

「……こーんばんは、はー」

百合の部屋は女子高生……いや、いかにも一人暮らしを始めて間もない雰囲気のインテリアだ。

某リーズナブルな家具屋で買いそろえたのだろうカラーボックスとプラスチックの引き出し。ファンシーな花柄の布団にもこもこのクッション、存在感のありすぎる学習机とファミリー用の大型テレビに、折りたたみ式のこたつ。まるで学生時代にタイムスリップしたみたいだ。

「オムライス、好きですか？」

百合は手を止めて、くるりと振り向いた。

「めっちゃ好きだよ。フライパン、使う？　アウトレットで買ったちょっといいやつ」

改めて返したその言葉に嘘はない。あたしはオムライスが好きだ。具体的に言うと、「オムライス」という名前であれば大体のことは受け入れてしまうぐらいには。ただ、チキンライスを炒めてから卵を焼く、という過程が面倒くさいから家ではやらないだけだ。

「チキンライスには具をいっぱい入れる派ですか？」

「もちろん。その方が栄養バランスもいいし」

「卵は薄焼き派ですか？　それともとろとろ派？」

「卵二個のとろとろ。そもそも薄焼きできれいに巻けない」

そう。あたしは器用ではないし、凝《こ》り性でもない。

大体はチャーハンのごとく皿にざっと持ったチキンライスの上にスクランブルエッグをのっけて、はい、完成。とても人に見せられる代物ではない。

あたしの言葉を聞いて、百合はちょっとだけ嬉しそうになってから、フライパンをくるくるとひっくり返した。

「フライパン、ありがとうございます。任せてください」

「二人分も作るの大変じゃない？」

何度でも言うが、卵とチキンライスを分けて作るのは面倒だし、人数が増えても作業工程は増えるばかりで楽にはならない。

「フライパン二個体制なら楽勝ですね。異端なのはわかっているんですが、どうしても京子さんにうちのオムライスを食べてほしくて」

百合はグッと胸の前で握り拳を作った。そこまで言われては、あたしはすべてを受け入れるしかないと、フライパンを託《たく》した。

「よろしく。見守っているね」

「もちろんですよ。……ちょっと異端なのは大目に見てくださいね」

おいおい、二回も異端って言葉が出てきたぞ。何を入れるつもりなんだ。と言うよりオムライスに一体なんの議題があるというのか。卵がふわふわか薄焼きか、ケチャップかデミグラスか、それぐらいしか議論の余地がない気もするのだけど……考えても仕方がないので、百合が料理をするのを背後から眺めることにする。

まずベーコンを細かく切り、炒める。ベーコンがカリカリ一歩手前になったあと、それを皿にあけ、今度はフライパンに残った脂でタマネギを炒める。こちらからするとすでに「面倒くさい料理の域」に達している。いや、それは言い過ぎか。

そうして先ほどと同じく、今度はシイタケを細かく切り、フライパンに追加する。タマネギが飴色になったころ、いったん火を弱める。百合はそのまま炊飯器から釜を取り出し、乱雑に白米をしゃもじで移し替えた。現物を見たことがないけれど、多分寮の食堂を取り仕切る寮母さんや、小学校の給食室の人達はこのような勢いで仕事をこなしているのだろう。

乱雑に投げ入れた白米の上に、塩こしょう、ケチャップ、そしてマヨネーズを格子状に絞り出し、具材を足し、シリコンのヘラで一心不乱に炒めている。ぎゅっ、ぎゅっとフライパンに米を押しつけて、焦げを作る。そうして出来上がったチキンライスを大きめの皿に盛り付ける。

卵を四つ取り出しガラスボウルに落とす。まず泡立て器で混ぜ、その後牛乳を少々、そして砂糖を入れる。

「おっと……」

思わず口から出た言葉に、百合はがばっと振り向いた。

「あ、やっぱり嫌でした⁉」

「いや。よその家で砂糖を入れる人を初めて見たから、驚いただけ」

そう言うと、心配そうだった百合の表情が緩んだ。

そう。シチューをご飯にかけるかどうか、ビーフシチューにはパンかライスか、卵焼きがしょっぱいか甘いかどうかは永遠のテーマであるが、それとは別に「オムライスの卵に砂糖を入れるか入れないか」と言う問題もある。

こちらは前述の例に対してさらに少数派で、自分の経験上、同意してくれる人を探すのはなかなか難しかった。

もしかして百合のご母堂は話題にならなかっただけで北海道出身なのかもしれない

——北海道では甘い味付けが好まれるというし。いや、北海道でも普通に反論されまくりだったけどさ。

あたしが持ち込んだフッ素樹脂加工のフライパンに、百合がバターを溶かし、卵を流し入れる。

じゅわ、とすぐに卵に火が通りはじめ、ぼこぼこと波打つ。箸で少し崩し、上部の生卵の部分を下に流してやる。それを二回繰り返す。

半熟になった状態で火を止め、そっとご飯の上に滑らせる。プロのシェフが作ったような仕上がりにするのは至難の業《わざ》である。スプーンでちょい、ちょいと卵を崩し、チキンライスを覆っていく。最後にケチャップをかけて完成。

「卵はうまく出来ませんでしたが、見た目は悪くても味はおいしいので……」

「ぜーんぜんアリ。いただきます」

正方形のこたつテーブルに向かい合う。少し遅い夕食の時間だ。

百合の作ったオムライスはマヨネーズがコクを生み出していて、濃厚でおいしい。

悪い言い方をするならばハイカロリーではあるが。二十五過ぎるとどんどんと重たいものが食べられなくなってくる……先人の言葉だ。あたしはまだ胃もたれを感じずに済んでいる。食べられるうちに食べておけ。これも先人の言葉だ。

「おいしいよ」

「良かった。オムライスに砂糖を入れるなんて変だよ、って言われたことがあって。私は塩こしょうだけより絶対にこっちの方がおいしいと思うんです」

「わかる。絶対入れる。甘い方がケチャップと合うもん」

「そうですよね！」

確かにお子様風……と言えばそうかもしれない。しかし、そんなことを言っても照り焼きだってそぼろだって甘いのだから、オムライスが甘くたって構わないと思う。

手間も材料費もかかるが、あたしはこのレシピが好きだ。

生まれも育ちも年齢も全く違う他人なのに、妙に馬が合う時がある。そのとっかかりを見つけた時、あたしは心の中でにんまりしてしまうのだ。願わくば、向こうもそう思ってくれているといいなと、考える。

「いやあ、それにしても。食文化って色々だよね。何がきっかけでそうなったの？」

プロかよほど近しい相手が作った料理しか食べる機会はない。お裾分け文化は地域によってはまだ存在するだろうが、一人暮らしの身の上ではなかなか起こり得ないイベントと言える。

あたしの言葉に、百合がスプーンを動かす手を止めた。

「母が残してくれたレシピなんです。死別していて……私が十歳の時です。がんでした」

「……それは、大変だったね」

あたしは親戚が少ない。少ないとどうなるか。冠婚葬祭に縁が遠くなるのだ。病気で若くして亡くなった人、というのはあたしの周りにはいなかった。

百合は立ち上がると、本棚からクリアポケットファイルと何冊かのノートを取り出してきた。端がボロボロになっている。中身は手書きのレシピノートで、手書きだったり、メモが貼られていたり、雑誌の切り抜きだったりと、様々な形でまとめられている。

百合の母親が闘病中に作ったものらしかった。

「そっか、これで料理を覚えたんだね」

ありきたりの台詞しか出てこない。確かに、彼女が今まで出してくれた料理がいくつか書き残されていた。簡単なレシピまで書いてあるのは、必死に娘になにかを残そうとした証なのだろう。

　そうして、百合はこれを見て、母のことを思い出しながら日々を過ごし、少しずつ成長していった。

　百合は私の言葉を否定することも肯定することもなく、レシピノートの表紙を指でなぞる。

「スキャンして保管してありますが、見るのは紙ですね」

「お父さんもこれを見て、料理を作ってくれたりしたの？」

「お父さんはレシピノートを見ると悲しくなるから、ってあまり料理は覚えませんでした。だからきっと、もう忘れちゃったんじゃないかな」

　百合の表情は悲しみよりは、どこかしみじみと、過去を偲《しの》んでいる様子だった。

　忘れる。それもまた、心の傷の癒やし方であるだろう。

「そっか～。愛だね」

　それ以上は何もコメントすることはなかった。

「……ありがとうございます」

「え？　何が？」

唐突な感謝に思考が「?」で埋め尽くされる。

別に何もしていない。

お弁当とオムライスを食べただけだ。むしろこちらが言わなければいけない立場だ。

戸惑うあたしに、百合が少しだけ微笑んだ。

「今日、お弁当の中身がなにかわからないってだけで、すごくわくわくして。気持ちが楽になりました」

「そっか。よかった」

彼女がそう思ってくれるなら、素直に受け取ることにしよう。

「ご迷惑でした?」

「いや、ぜんぜんそんなことはないよ」

本当に、心の底から。迷惑だとは思っていなくて、あたしは彼女になにかをしてあげたいと感じているらしかった。かと言って、そんな大層なことが出来るわけでもないから、話を聞くぐらい。話を聞いて共感したようなコメントを出すのも、あたしにとっては結構難しいことではあるけれど。そのぐらいの努力は、隣人としてしてみるべきだと思う。

「甘えすぎかなとは思っているんですが、もし良ければたまに遊んでもらえたら、嬉しいです」

「そうしよっか」

彼女がそう言うのなら、あたしが断る理由はなかった。

ご近所さん。友達。友人。

まあ、一回りの歳の差なんてあと四半世紀も経てば誤差のようなものだろう。

これは地域で一丸となって子どもを育てるようなもの……もしくは、生活のステージが変わって疎遠になるまでの友人関係。

これまでの人生で役に立ったことぐらいは彼女に伝えられるだろうし、求められるというのは悪い気がしないものだ。

意気揚々と部屋に戻り、バッグの中を整理しようと中をのぞきこむと、スマートフォンに通知が入っていた。

それを見て、ぱっと画面を閉じる。

誰も居ない部屋では、自分の苦笑ともため息ともつかない音がいやに響いた。

散々彼女を観察しておいて、自分が同じことをしているのは、本当に滑稽《こっけい》だ。

彼女の些細《ささい》な違和感に気がつくのはあたしが鋭いからではなく――自分にも心当たりがあるからだ。

身近に相談できそうな大人を見つけたと思った百合は、きっと本当のあたしを知ったらがっかりするだろう。

「うーん。雑穀の入ったご飯もいいけれど、やっぱりカレーには白米だな」

ジャガイモ、ニンジン、タマネギのごく普通のカレー。ルーは甘口、肉は豚バラの薄切り。付け合わせに福神漬けではなくキュウリの浅漬け。

週の真ん中、水曜日にはこんな感じのどどんとした料理でよろしい。

「ですね」

あたしと百合が隣人ではなく「ご友人」ぐらいの距離感になってから、もうすぐ二週間。

週三回程度、お弁当交換をして、時間が合えば一緒に夕食を摂る。

なんだかんだと以前より手の込んだ食事をするようになったし、調味料や大袋の商品をシェアすることによって、食費は若干減少するだろう。

そんな感じの、ぬるくて、平穏で、まったりした生活が始まって、継続していて。

このまま夏が来たら、今年は冷凍庫のスペースを気にせずに箱のアイスだって買えちゃうね、という気持ち。

「ところで。京子さん、これを見てください」

百合は猫が飼い主に獲物を見せびらかす時みたいに、ぴろっとあたしの目の前に白い紙をぶら下げた。テストの成績表らしい。

どれどれ、と目を通してみると、思わずはやし立てるような口笛を吹きたい気持ちになった。

「すごいじゃん。大学を選び放題なんじゃ？」

彼女の成績はなかなかのもので、すべての科目で学年三十位以内に入っている。

超名門ではないとはいえ、なかなかに手堅い実績の私立高校だ。将来はあたしよりずっと立派なキャリアウーマンになるだろう。

「無理ですよ。こんなのじゃ、全然」

百合はあっさりとここから通いやすい私立大学――それにしたって世間から見ると十分高学歴の部類だが――を目指していると言った。

「そうなのかー。都会は厳しいな。でも、家事もやった上でこの成績は立派だね」

「実は……私も薄々、そう感じていました。自分ってけっこうすごいんじゃ？　って」

「おっ、調子が出てきたか」

自己肯定感は大切だ。世の中はなんでも、メンタル強者が勝つようにできている。

「そこでですね。自分なりに最近は頑張っていると言うことで、自分へのご褒美を計画しているんです」

「いいんじゃないの。存分に甘やかしたまえ」

人間、自分に関係ない事柄にはどこまでも無責任になれるものだ。

あたしの言葉に、百合は獲物を狙う猫のような顔になった。だんだんわかってきた。またなにか企んでるな、こいつ。

「一人で行くには気が引けるので、もし良かったら京子さんに付き添いをしてもらえないかな、と」

「どこへ？」

「フランス料理」

——一瞬怯《ひる》んだが、フルコースの出るような店ではなくビストロ——いわゆる居酒屋みたいなものと言われ、安心する。

百合が属しているのはいわゆる中の上――子どもの数を少なくして、よりよい教育や経験を与えようと考える親御さんが主流の層。どこそこへご飯を食べに行った、長期休みは旅行に……と話を聞いているうちに、自分も見栄を張るわけじゃないが、すこしぐらいは贅沢をしてみようかな。と思い立ったらしい。

「しかし、なんでまたここに？」

百合のスマートフォンが指し示した店の最寄り駅は別路線だ。このあたりは乗り継ぎをするまでもなく、電車一本で評判の店にいくらでもアクセス出来る場所だけど……

「せっかくなので、このあたりにある公園にも行ってみたくて」

「なるほどね。いいよ」

女子高生なのに公園に行きたいって、どのような心境のあらわれなのだろう。単純に疲れていて森林浴をしたいのか、それとも大人、すなわちあたしだが――とテンションを合わせるためには自然と触れ合うアウトドアが無難だと考えたゆえなのか。

窺うように視線を向けると、百合はあっさりと言った。

「写真を撮るのが好きで」

その説明になるほど、と納得する。確かに思い返してみると、百合はことあるごとに料理の写真を撮っていた。家の中だと撮影する機会がそこしかないだけで、普段の彼女はもっと色々な風景に触れているのかもしれない。日々何をしているのか、写真があればお父さんも安心するだろうしね。あたしは映りこまない方がいいと思うけど。

「運が良ければ、カワセミの観察ができるそうです」

目的地の公園には野鳥が多く生息しているらしい。

「カワセミねえ……」

鮮やかな碧《あお》の小鳥を、あたしは見たことがない。

なんとなく宮沢賢治の童話『よだかの星《ほし》』の主人公、よだかの弟がなぜかカワセミなんだよな……というのを薄ぼんやりと覚えているぐらいだ。

「見たことがないんですよ。実在するんでしょうか?」

そのつぶやきに、実在と空想の狭間《はざま》とは曖昧なものだと思う。

「存在を知っている」と、実際に体験した出来事はまったく異なる重さを持っているのだ。

「いるんじゃないかな。きっと」

いたいけな少女と一緒に見知らぬ地へ幸せの青い鳥を探しに行く。

なんともロマンチックな話である、あたしがぱっとしないＯＬでなければ。

さて、土曜日。動きやすい、かつある程度きちんとして見えて、汚れても構わない服ってのはなかなかに難しい注文ではある。

なんとか今日着る服を選び出し、百合と二人で電車に乗り込む。……考えてみれば、休日は家で過ごすのが多くて、あたしの活動範囲は職場を除けば、せいぜい三、四キロ程度なのだった。

都会へと飛び出したはずなのに、むしろ、北海道に居る時より世界が狭まっていないか？　と気が付いてしまって、少ししょんぼりしてしまう。

「いやいや、東京には何でも手の届く範囲に十分すぎるぐらいあるってことよ」

「何がですか？」

また独り言を口にしてしまったらしい。

誰かと一緒に居る時ですら考え事をしているのはかなりまずい。

「いや。人が多いよなーって思っただけ」

乗り継ぎをして辿りついた馴染みのない駅は、ぴかぴかのビルに輸入食品の店やおしゃれなカフェなどのテナントがずらりと並び、いかにも金銭的に余裕のある主婦や都会暮らしにこだわるパワーカップルが好みそうな雰囲気を醸《かも》し出している。

広々とした駅前広場を抜け、家族連れ、趣味のグループらしき人々と一緒に住宅地の方へ向かって歩いて行くと、突如視界に巨大な森と見まがうばかりの公園が現れた。芝生や水遊び用の池、遊歩道の他に野球場、テニスコート、サッカー場、野外ステージ、ボート、案内センターまである充実ぶりで、これはすでに公園の域を超えたレジャースポットだ。

以前は自然あふれる地方で育ったせいか「公園って必要か？」と軽視していたが、大人になるにつれ、公園を自治体が維持管理してくれているというありがたみをひしひしと感じるようになった。

独身アラサーの今ですらそうなのだから、人間はおそらくどこまで行っても自然から離れられず、老後にいきなり田舎に移住したくなるのも致し方ないことなのだろう。

案内看板には散歩コースが紹介されている。奥へ奥へと向かってゆくカメラを携えた人々の目的地はそこだろうと、その後ろをついていく。

途中には自然の名残をとどめた川や池があり、釣りや昆虫採集、水遊びなどで賑わっていた。

楽しげな家族の雰囲気をよそに、百合はもくもくと前に進んでいく。

不機嫌ではないけれど意図的に情報をシャットアウトしている、そんな感じだ。

自分の心を守るためには、気分を害するとわかっているものには近づかないことが大切。それも空気を悪くしないように、相手に悟られずに、だ。

しばらく歩いて辿りついた、ぐるりと貯水池を囲む形になっている遊歩道は先ほどの喧噪が嘘のように静まりかえっていた。

世界の明るさが神によって二段階ほど暗く調整されたような感覚に陥る。

日当たりの悪い草むらの中にイーゼルが陣取っていて、空と、木々を映し出す池の風景が描かれている。持ち主が見あたらなく、まるでそれ自体が打ち捨てられたオブジェのようだった。

みどりの池はひっそりと、動きがない。

子どもの頃に食べた阿寒湖《あかんこ》名物「まりも羊羹」を思い出させる。水面はのっぺりとしていて、触れると弾力があり、上を歩けるんじゃないか……と幼児の自分だったら考えてしまいそうだ。

「静かだね……」

立派なコメントが思い浮かばなくて小学生のような発言をしたが、百合はそうでもないらしく、耳の横に手を当てて、なにかの音を聞いている。

「……さっきからホーホー、ホッホーって謎の鳴き声が聞こえません？」

「え？　これはヤマバトでしょ？」

「ヤマバト？　山に居る鳩ってことですか」

あたしからするとただの環境音でしかなかったが、百合にとっては物珍しい新たな発見があったらしい。

「ヤマバトだかキジバトだか忘れたけど、これは確か、そう」

ちなみに市街地に居る灰色の鳩はドバトと言うのだ。

「京子さんって、物知りですよね」

あたしは博学ではないが、確かに平均よりは雑学に詳しいかもしれない。豆知識キャラというのは表面的で薄っぺらい会話を続けて時間を潰すのに便利だから。

「学校の授業中、先生が脱線して雑談するのとか好きだったからなあ」

「それ、凄くわかります。……あれ、何でしょうか」

百合の言葉に顔を上げると、三脚スタンドや一眼レフを持った人々が一カ所に集まっているのが見えた。

「あの周辺にぜひとも写真を撮るべきなにかがあるのかな……」

二人でひっそりこっそりと集団に接近してみると、どうやら彼らはある一点を見つめているらしいことがわかった。

貯水池の中には浮き島がある。そこになにかいるのかとじっと目をこらしてみたが、特に人々を熱中させるようなものは見つからない。

これはもう直接話を聞いてみるしかないと思った時、百合が服の袖を引っ張った。

「見てください……」

百合が指し示したのは浮き島ではなく手前にある岩だった。ネオンブルーの「なにか」がいる。意識していなければ視界の隅にあるプラスチックのゴミと見間違えてしまいそうだ。

「……もしかしてあそこに、カワセミ、いる？」

「そうですよ。きっとそう」

多数の人が熱狂的に見つめている、という事実が『あたしたちが見たのはカワセミだ』と証明してくれる。バズーカ砲さながらのカメラを構えた男性陣の間に割って入る勇気はなく、その手前からスマートフォンのカメラを起動させる。それ専門の機材にかなうはずもなく、岩の上になんとなく青いものが乗っかっている写真が撮れた。

「ぼやけた写真しかないとなると、実感がないね」

「実際に見た。その事実が大切です」

百合はもっともらしいコメントを残して、カワセミから目を離した。

とにもかくにも目標を定め、それを達成したのである。小さな成功の積み重ねが自信を生むと、なにかの本には書いてあった。

このお祝いに、ランチにフレンチでもいいだろう。


当然というべきかなんというか、昼すぎのビストロは混み合っていた。

受付で名前だけ書き、駅ビルをうろつき、お洒落な本屋に入り込む。書籍と言うよりは総合的なライフスタイルをプロデュース——そんな煽り文句が聞こえてきそうだ。

「せっかくだから料理の本でも買うかな」

大多数の人間がそうだろうと思うのだが、あたしは料理をするときにレシピを見ない。なんとなく写真と材料をちらっと見て、後は目分量。要は作り方を知らないわけではなく、本をぱらぱらっと見て何らかのインスピレーションが得られればよいからだ。

レシピを探すだけならばインターネットで事足りるが、書籍になっているものは写真の出来映えが違う。『あ、これ作ってみよう』と気持ちを高揚させてくれるのはやはり本だ。

フランス料理にはまったく縁もゆかりもないが『フライパンで出来るフレンチ』なる本を購入する。ベストセラーの帯付きだから、きっと実用的に違いない。

百合はキャラクターのクッキー型がおまけについているムック本に惹かれている様子だ。あたしは大雑把だから、計量と手順に正確さが求められるお菓子作りは苦手だ。しかし彼女はそうでもないのかもしれない。

……あたしは百合のことを、ほとんど何も知らないのだ。ま、向こうもそうだけど。

「かわいいね。でも、それ駅前の本屋にも売ってた気がする」

「うーん。そう言われると、今買わなくてもいいですね……」

一期一会かもしれない出会いを邪魔してしまったかもしれないし、前向きに言えば無駄遣いを止めたとも表現できる。年下を導くのは難しい。

自分の浪費を棚に上げながら店の前まで戻ると、ちょうど「スワベ」が先頭になった頃合いだった。

「京子さんって、運がいい……！　や、違いますね。タイミングをつかむのがうまいのかな」

すぐに名前が呼ばれて、百合が時間を有効活用できたとちょっと嬉しそうな声をあげた。そうかなぁ。自分としては、いつもミスってばかりに感じるけれど。

赤いテーブルクロスが掛けられた二人がけの席に、日によって内容が変わるのだろう「本日のメニュー」が置いてある。パスタ、サラダ、ドリンクのランチが一番割安だけれど、せっかくなのでもっと小洒落たものを食べたい気持ちではある。

少々迷っていると、百合がメニューをを指さした。

「せっかくなら、このコースにしませんか」

スープか前菜、魚か肉、パン、コーヒー、デザート。二千円ちょっとなら、たまの贅沢にはいいだろう。

「そうしよう。あたしは魚で」

「私も」

前菜は生ハムとルッコラ、チーズのサラダ。チーズの上に黄色いゼリー状の塊が載っている。

ドレッシングかと思いきやなんとマーマレードらしく、柑橘系の香り。メニューには「甘夏のジュレ」と書いてある。

「いきなり馴染みのない物が出たなあ」

「水菜とグレープフルーツのサラダとか、ありますよね。やったことはないですが……」

「そうね、ちょっと勇気がいるよね」

日々の料理に果物を取り入れるのは一般的な日本人からすると少々ハードルが高い。せいぜいがカレーにチャツネ、ポテトサラダにリンゴやミカン、酢豚にパイナップル。それにしたって賛否両論、許さない人は絶対に許さないと論争の種になりがちだ。

しかし本場おフランスで料理を学んだシェフがその技術を持って日本人向けにカス

タマイズした品。おいしくないわけがない。

そう思いながらも、まずは石橋を叩いて渡るつもりでサラダの縁、ルッコラの部分を切り崩していく。口に含むとほろ苦さが広がった。

これだけでも十分においしいけれど……ルッコラとジュレを一緒に食べてみると、なんと驚きなことにルッコラの苦さが中和されているではないか。

「これイケるわ」

「家では絶対に考えつかない組み合わせですよね」

チーズとジャムも合う。ピザのクアトロ・フォルマッジもしくはブルーチーズに蜂蜜の組み合わせは試したことがなかったが、甘さとチーズの後味が絶妙にマッチしている。なんでも試してみるものだ。

家庭料理もいいけれど、プロの料理はやはり違うなと唸らされる。

「パンです。リエットをつけてお召し上がりください」

店員が当然のようなコメントを残し、パンとリエットなる存在が盛られた小皿を置いて去っていく。

「パテではなくて？」

見た目はねっちりとすりつぶされたレバーのようで、違いがわからない。とりあえずパンが外側はぱりっと、中はもっちりなことは確かだ。安いパンにありがちな、酸っぱい匂いがしない所も非常にポイントが高い。

「検索によると……パテとリエットの基準はあいまいだそうです」

「味噌汁と汁物とお吸い物みたいなものかね？」

「おそらくは」

そう言いながら口に含むと、なんともしっかりとした、しかし臭みはない肉の風味が口の中に広がった。

メイン料理は鮮魚のポワレと言うまたもや謎の料理だったが、つまるところソテーの仲間だろう。こんがり焼けた白身魚の下にはキャベツ、インゲン、ジャガイモなどの野菜が三角形になるように組み合わされており、さながら新進気鋭の建築家が造ったオブジェだ。

湯気が立っていなかったのでそこまで熱くないのかと思いきや、中は驚くほどに熱がこもっていて、口に含むとほっくりとした仕上がりだ。

「食感？　弾力？　が違うなあ」

調べてみると、フライパンから素材を動かさずにカリッと焼く調理法のようだ。味はすばらしいが、やはり家で再現できる気はまったくしない。

「おいしいね」

やはり外食は「自炊が面倒だから間に合わせ」ではなく、明確に「家では食べられないもの」を選んで味わうのがよいのだと思う。

「そうですね」

百合は返事をしたが、彼女は皿に手をつけておらず、スマートフォンの画面をじっと見つめていた。スマホ依存症なのではない。

ブーッと、サイレントモードの着信音がテーブルを揺らしているのだ。

「……」

彼女は電話に出ない。バイブ音は鳴り続ける。振動だけでも、決してうるさくないとは言い切れない。百合はそっと着信をキャンセルし、代わりになにかのメッセージを打った。その表情は浮かない。

「デザートを少し遅らせてもらおうか？」

「いいえ、大丈夫です。出てしまうと、それどころじゃなくなってしまうと思うので」

こんな瞬間を、あたしは百合との夕食の時に何度か見かけたことがあって、毎回見ないふりをしていた。頻繁な連絡を、彼女が意図的に無視しているだろうことは想像に難くなかった。

「嫌なことは後回しにしても、どうにもならないよ」

多分重要かつ、楽しくない話題だろうとは思うから、自戒の意味も込めてそう伝える。

「すぐに取り組んだとしても、答えが出ない場合は、どうすればいいですか」

あたしは問いに対する回答を持っていなかった。それはその、根性だよ、と無理矢理な台詞をひねり出そうとするが、結局妙な喉の渇きに負け、ひとまず水を飲む。

「お父さんが」

あたしは百合を見た。彼女はあたしを見ていなかった。

「再婚したいって言ってきたんです」

その言葉を聞いて、脳内で幸せの青い鳥――つまり先ほどのカワセミがぴゅっと飛び立ち、水面にさざ波が起きるさまがありありと浮かんだ。

「うーん。そうか。まあ、そういうこともよくある」

世の中は一度も結婚しない人と、何回も結婚する人で二極化していると言われており、あたしはひしひしとそれを実感している最中だ。

「母が亡くなったことは、以前にお話ししましたが」

「うん」

わざわざほじくり返すことではなさそうだから、彼女との関わりの中でその話題は意識的にブロックしてきた。

頷くと、百合は茫洋とした目つきのまま言葉を続けた。

「祖父母は遠方で。それで、もう小学生だったこともあって、しばらくは父と二人暮らしでした。何も起きませんでした。私が中二の時、今から三年前までは……」

そこで言葉は途切れた。お母さんが亡くなったのが十歳、では中二の時に何が起こったのか。

「ある日、紹介したい人がいると言われました」

百合はそこまで言うと、口をつぐんだ。店員がデザートを持ってきたからだ。

アイスクリームが添えられたクリームブリュレと、アイスティー。小さなスプーンを差し入れると、ぱりっと小気味よい音が響く。

「お友達。最初はそのような説明でした。でも……ピンと来ました。お父さんはこの人と付き合っているんだって。当たり前ですよね」

「あー、うん」

ねえ、今日はお友達が遊びに来るからいい子にしてね——脳裏に、パウダリーなバラの香りと母の言葉がまるで今朝の出来事のように浮かび上がる。

香りを上書きするようにクリームブリュレを一口食べると、飴状になったカラメルが舌に軽く刺さる。

中学生になればわからないはずもない。死別して三年以上経つならば、喪失の傷が癒えてもおかしくないし、子どもを一人で育てるのは負担で、母親役が必要と思っていたのかもしれないし、相手からアプローチしてきたのかもしれない。

「絶対に嫌でした。もちろん、面と向かっては言えませんが……態度には出ていたと思います」

「性格が合わない？」

「意地悪されたとか、嫌な感じがするとか、そのようなことはなくて」

「なんとなくウマが合わない」というのは現実問題として存在する。それに、思春期の娘にとって「親の恋愛の相手」と言うものはなんともむずがゆい。

「女性とは、同じ会社だそうです」

百合は汗をかいたアイスティーのグラスを持ち上げた。紙製の白いコースターに、輪型のシミがじんわりと広がっている。

「それを聞いた時。もしかして……もしかして。母が闘病している間、既に知り合っていたんじゃないか。そんなことを考えてしまって」

そこで百合は、自分の言葉を恥じるように俯いた。

下世話な勘繰りとも言えるけれど、その想像をしてしまうのは致し方なくもある。悪魔の証明。無実を証明することはできない。本人が疑っている限り、その疑いは永遠に晴れることがない。

へんに同意するのもはばかられるので、顎に手を当てて難しげな表情をつくる。実際に非常に難しい議題ではあるのだが……

「……闘病のあいだ……終わってからも、家はめちゃくちゃで。両親は元々病気がなくても仲が悪かったのかもしれないし、そうじゃないかもしれない。きっとお父さんはその人と一緒にいて、安らぎを感じていたんでしょう。でも、私はそうじゃなかった」

くるりと丸く盛り付けられていたアイスクリームはどんどんと溶け出し、力なく白い皿の上で崩れ落ちていく。

「私はその人に会わないことで、反対を表明していました。そのうち彼女の話が出ることもなくなって、別れたのかなと解釈していました。それについてもほっとしたような、罪悪感があるような……」

親としての責任を押しつけて、個人としての幸せを邪魔してしまった。百合はそんなひっかかりを感じているのだろう。

「そのうち転勤の話が出て。私は学校があるのでついて行かないことにしました。一人暮らしをしたかったと言うよりは、そうせざるを得なかったんです」

親の海外赴任、本人が田舎——例えば過疎地出身で進学先が地元にない場合など、全寮制の学校以外でも大学生になる前に親元を離れる子は皆無ではない。

しかし、そう言ったパターンとはまったく別のベクトルで百合には陰がある。これはあまりうまくいっていない家の子特有の雰囲気だと、あたしはこれまでの経験から確信していた。

冷めているのに、たまに妙にひがみっぽくて、自分にも他人にも厳しい。けれど、妙に人恋しいのか優しくしてくれた人にはすぐに懐いてしまう。その危うい雰囲気が、まるでパラレル世界のあたしを見ているような気持ちにさせて、彼女に肩入れさせるのだ。

「それで……最初の話になるんですが」

そう。話は娘が再婚に反対して、没交渉になって終わりではない。

だって、問題は今起きているのだから。

「実は今、二人は転勤先で同棲中だと」

百合はぽつぽつと話を続ける。

本人は気にしていない、いや正しくは気がついていない様子だが、左右の席の人がじっと息を殺して会話に耳をそばだてている。立場が逆だったならばあたしも「それ」をしないとは言い切れない。特に悪意がなくても、近くの人の会話を聞いてしまうことはある。

「うん。それは……えーと。微妙な気分になるのはわかる」

アイスティーにガムシロップを入れると、明るいオレンジの中にもやが発生する。

理科の時間に習った「シュリーレン現象」という妙に語呂のよい言葉を、あたしはずっと覚えている。

何気ない会話が、溶けきらない砂糖のように、いつまでも心の底に残ることがある。発言には十分、気をつけなくてはいけない。

相手は転勤についていった。それはつまり、本気の交際ということだから。

「この前……ええと、ちょうど京子さんに話しかける前日です。実は転勤先の名古屋、相手の地元なんだそうです」

「お、おう」

これはまずいぞ、と心の中で襟《えり》を正す。もう完全に外堀は埋まっていて、向こうからするとすべてのタイミングが整った状態なのだろう。

この場合、連れ子には「おめでとう！　応援するよ！　自分はおとなしくしているね！」以外のコメントは求められていない。

「最近よく連絡が来て、変だなって思ってたんですが。お前も大人になったから、こうして相談するけれど、再婚しようと考えているつもりだと。それを聞いた瞬間。今まで我慢していたものが、ぐあっと心の中で爆発したんです」

「な、なんか言っちゃったの?」

それでずっと気まずいとか?

「それってちょっと卑怯じゃない? って」

百合が思わず口走った言葉に、父親は絶句した。そうなるまで、百合は自分の中にそこまでの激情があることに気が付いていなかったらしい。

言いたいことはもっと沢山あったけれど、百合はそのまま電話を切ったのだと言う。

「私が別世帯になってしまって、一緒に住んでいるのは向こう。反対も出来ないじゃないですか?」

百合はうつむき、ぎゅっと唇を噛んだ。

まあ、親の恋愛とか下の話とか、普通は考えたくないものだ。

「どうして、母を亡くして、父まで知らない人に取られなきゃいけないんですか」

「……」

なんだか口の中がもちゃもちゃとして不快なので、付け合わせのミントを口に含んで噛みつぶす。百合はひとまず言いたいことは言い切ったのか、ようやくクリームブリュレに手をつけた。

──多分、向こうはそこまで深く考えてはいないんだよね。とあたしは言いたい。中年の親父なんて金を払ってさえいればどうだっていいと思われているに違いない、ぐらいのテンションでしか物事を考えていない場合もある──

今のはすべてあたしの妄想にすぎないから実際のところは不明だけれど、多分ここまで自分の娘がウエッティな思考回路だとは想像もしていなかったのだ、きっと。

そんな事を言ったら、彼女は怒るだろうか。と慎重に頭の中で言葉を整理する。人生において何を重視し、どこに着目して生きていくか。人間、驚くほどにバラバラだ。冗談でもきれい事でも何でもなく「幸せの形は人それぞれ」であり、本人が是と言えば是、否《いな》と言えば否《いな》なのだ。

この話だって女性の側から見れば、男やもめで反抗期の娘を抱えて苦労している男に寄り添い支えてきた……と表現出来るのだから。

受容か、拒絶か。確実な答えはない。自分の持論を伝えることはできる。

しかしそれを説明するには時間が……視線を店内に巡らせると、こちらに近づいてくる人がいる。店員だ。

「お客様、まもなく休憩時間に入りますのでお会計をお願いいたします」

「あ、はい」

あたりを見渡すといつの間にか他の客は居なくなっていた。

あたしたちはまるで、離れ小島に取り残された遭難者だった。

五章

「やっちまったぜ」

土曜日に百合から超ヘビーな家庭環境についての話を聞き、ガラにもなく人生について考え込んでしまったあたしは、お風呂に湯を張っているうちに寝落ちしていた。

このマンションの風呂は蛇口ではなく、浴槽内のバルブから定量のお湯が出てくるタイプだから「蛇口を閉め忘れてお湯が溢れた」なんてことにはならない。しかし、自動お湯張り機能にはもう一つの機能がある。「保温」だ。

追い炊きとは違うが、運転を消すまでその名の通り「ずっと保温をしてくれる」のだ。

湯張りのボタンを押し、薄暗い部屋の中で考え込んでいたはずだったあたしは、いつのまにか眠ってしまっていた。脳みそがオーバーヒートで強制シャットダウン状態だったのかもしれない。

目覚めたのは朝の四時。

爽《さわ》やかな目覚めであったのは、煌々と電気のついた脱衣所が目に入るまでだった。

「ちくしょう」

一晩温め続けたお風呂のガス代はいかほどだろうか。

べらぼうに高い金額ではないだろうが、金は金だ。考えただけでテンションがどんどんと下がってくる。

「仕方ない、ここで例のブツを使うか」

思いつきで口から出てきた独り言。うっかりではない。自らの気分を高揚させるために、映画の登場人物よろしく意味深な台詞を言ってみただけだ。

洗面台下の戸棚には、生活用品が雑多に詰め込まれたかごがある。「いつか旅行に行くときに」とストックしてある高級化粧品のミニボトル。「今使っている物がなくなったら」と取ってあるファンデーションの試供品。更に奥。頂き物の入浴剤がある。育休明けの先輩社員が「お世話になりました」とプチギフトとして女性社員達に配ったものだ。

——祝い事というのは、非効率だし現代においては非経済的だ。お祝いを贈ると、その半分ぐらいの価格の品が返礼品として戻ってくる。

祝う気持ちに嘘はないが、お互いに必要か不要かよくわからない物を贈り合う。現金の方がいいとか、祝うのも祝われるのもナシで――と口に出したい人もいるだろう。しかし、それが出来るのはよっぽど親しい関係か、非常に我の強い人に限られるだろう。大方は集団や社会に対する結束力を高めるための儀式としてそれを受け入れている――

「くだらな……」

くだらないのはこのようなあたしの思考回路について、だ。

他の人が普通に受け入れていることにいちいち噛みついて、こねくり回し、結局解決に導けずに自分の小ささだけを認識する――最近、このような性格が周囲にばれつつあるのではないか、とわけもなく不安に囚われている。

あたしはもっと晴れやかな人間になりたいのだ。

こんなつまらないことを考えるのはあたしのやりたいことではない。

百合だって、あたしがもっとすぱっと『あー、あるある、思春期にはそういうことあるけど、大人になったら気にならなくなるから平気平気、受け入れろ！』と力強く押し切れば、流されて納得したかもしれない。でも、あたしにはそれができなかった。

彼女の言っていることが、実感を持って、わかってしまっているから。

あたしはまだ、大人になれて、いないのかもしれない。

「やだなぁ」

入浴剤のボトルを軽く振り、浴槽に投入するとたちまちお湯が乳白色になった。朝の五時。タンブラーになみなみとアイスティーを満たし、湯船に浸かる。

フローラルかハーブか。なんとも言えず良い香りが広がる。安っぽくなく、濃密すぎるわけでもなく、究極の普通。むしろこれが「普通」の基準になったのではないかとすら思えてしまうほどの完成度で、価格差はこういうところに出るのだなと思う。

膝を曲げ、上半身を浴槽に沈める。耳まで乳白色の湯に浸かり、目を閉じる。

ごおお……ごぼごぼ、と水音が聞こえる。羊水の中はこんな感じなのだろうか。

そのままの体勢で、昨日の話を整理する。

笠音百合は父子家庭で、母親とは死別。近所の中高一貫校に通っている。部活はしていない。なぜなら家のことは自分でやらなければいけないからだ。

父親は誰でも知っている会社の社員で、けっこうなエリートサラリーマン——娘を東京に一人暮らしさせ、再婚してもう一人子どもを作って養おうかと思うぐらいには稼いでいる――これは邪推かな。

お相手の女性はいい人なのか悪い人なのか判断材料がない。

百合は紹介された瞬間から拒否しているが、これは仕方のないことで、フィクションでは妙に物わかりのいい娘が「お母さんもいい人見つけなよ」とか言い出すものだが現実ではそうもいかない。

百合の場合はすでに「子どもには母親がいなければ……」となる年齢でもないので、生活に不都合があるとは考えにくく、父親の個人的な交際の結果なのは間違いない。

彼女が疑っている不貞について。

嫌な言い方をすると、もしそのような事実があった場合はさっさと再婚に持ち込むと考えられる。思春期の娘の意思を最大限尊重している点からすると、それはないかな、というのが自分の意見。百合の感情そのまま受け取って勝手に想像するのはフェアではないと思う。

「うーむ」

自分の声が脳内で不格好に反響する。

話を聞いただけでは特に反対する理由も見当たらない。だからこそ、彼女も自分の反抗心に戸惑っているのだとは思うが。

仲良くはなれない。それはおそらく、相手の女性も望んではいないだろう。それは非情でも冷酷でもなんでもない。

血を分けていようが、一緒に住んでいようがうまくいかないパターンも多いのに、最初から好感度が低い相手とうまくいく可能性は絶望的な数値だ。

世の中に溢れる嫁姑《よめしゅうと》戦争、義実家とのトラブルの多さを見るに明らかだ。

「どうして昨日、スパッと説得する方向へ持って行けなかったのか……」

やっぱり失敗したと思う。大人として無難に、前向きな面だけピックアップして発言すべきだった。

「普通」を自称するなら尚更だ。

しかし。家族になれるかもよ、とあたしには気軽に言えない事情がある。

恵まれている方なのだから、我慢して受け入れなさいよとは言えない気分がある。

「しかしだよ。これは考えようによっては、安心できる話ではあるんだ」

次に百合に会った時、なんと切り出そうか。その光景を思い浮かべ、言葉に違和感がないかどうか確かめる。

「親は必ず歳をとるし、親戚と適度な距離感を保つってのもいい社会経験になるし……」

いかにもロジカルに見えるように、脳内でシミュレーションをする。

「子どもがいる人と結婚するって言うのは、相当な覚悟が必要だよ。それだけ、相手も真剣に考えてくれているのだから、悪い人じゃないはず」

全裸で、小首をかしげて、人差し指を立てて、恰好つけたポーズで考えたセリフを読み上げる。

「大人になると引っ越しだの入院だので、保証人とか連絡先を明記しなきゃいけないことも多い。そのときのためのメンバーは多ければ多いほどいいと思うよ」

……こんな所だろうか。一般論としてのメリットはいくらでも湧いてくるが、感情を制御することは出来ないだろう。

練習が終わったころには、湯も、アイスティーもすっかり温《ぬる》くなってしまっていた。風呂上がりは顔にシートマスクを貼り付ける。これだって一食の値段より高いから『いつか特別な時に使おう』と保管していたものだ。自分の機嫌は自分で取ろう。

「食べるもの……っと」

冷蔵庫は「んぱっ」と陽気な音を立てたが、中はほぼ空だった。

前向きに表現すれば、在庫や賞味期限のことを考えずに好きな物を食べられるということだ。

小さなガラスの耐熱容器で漬けておいたキュウリ、納豆、インスタント味噌汁と冷凍のご飯。

「映《ば》え」とはよく言ったもので、彩りと皿と照明がおしゃれであれば、見ようによっては貧乏ではなく清貧と言い張れないこともない。

早い朝食を食べながら今日の予定を立てる。このまま家にいたところで、すっきりと晴れやかな気持ちにはならないだろう。自分を励ましながら、極力普段通りのルーティンをこなす。

……どうにも攻略法のわからない迷宮で一緒に迷うのは、多分、あたしのするべきことではない。

沈んだ気分を明るくする方法はいくつかある。睡眠。運動。それでも無理だったら？　その次は「浪費」に限る。賛否両論あるかもしれないが、自分としてはかなりの改善が見込める算段だ。

百貨店が開店する時間に照準を合わせ、身支度を整え、いざ出陣。

東京は昼でも輝いていて、そのまぶしさは多少のやましさを覆い隠してくれる。

日曜とはいえ、開店直後の百貨店はさすがに人がまばらだ。ゆったりとした空気の化粧品売り場をうろつき、結局今朝使った入浴剤を購入する。

次に向かうのは地下食料品売り場のフロアだ。たまに購入する紅茶専門店で定番の茶葉を買う。

紙袋をぶら下げて通路を練り歩いていると、なんだかお金持ちになった気さえしてくる。危険だ。これ以上物欲が刺激されないうちに、目的の物を購入して帰宅しなければならなかった。

惣菜売り場を抜け、辿りついたのは洋菓子売り場だ。色とりどりのケーキやチョコレートがこれでもかとばかりに並べられている。ざっと周囲を見渡し、フルーツパーラー直営のケーキ店に狙いを定める。

「むむ……」

季節は初夏にさしかかるところで、この時期は柑橘やマンゴーを使った商品が多く並んでいる。

しかし……高い。

元々デパートのテナントで値段の水準が高いところに、高級果物だ。

消費税を加味すると、ほとんど千円。

最初から購入する腹積もりだったはずなのに、いざ値段を見ると怯《ひる》んでしまう。一玉三十円のうどんが三十個。つまりこのケーキと、一ヶ月毎日うどんが食べられる権利が同等ということになる。ケーキは現代においても、とてつもない贅沢品なのだ。

数千円程度の浪費は社会人としてはごく普通なのだが、ここで躊躇《ためら》うのは自分の中の『これにはこのくらい出してもいい』の水準を超えているからだ。

「しかし、あたしはこういう時のために働いている……」

独り言を聞き取ったのか、おばちゃんの店員は朗《ほが》らかな笑顔を向けた。その表情に背中を押され、季節のマンゴータルトとイチゴのショートケーキを選び出す。

「また節約すればいっか」

両手は紙袋でいっぱいだ。

時計が正午を指し示す前に、あたしは帰路についた。隣室のチャイムを鳴らす。反応はなかった。物音がしない。出かけているのかもしれない……と思った時、ドアが静かに開いた。

ぬっと顔を出した百合は、つむじのあたりの髪の毛がぴょんぴょんと飛び出していて、彼女の髪もセットしなければ乱れることがあるのだ……と今更ながらに納得する。

「こんにちは……」

昨日、食事の後は何をするでもなく若干気まずい空気のまま別れた。彼女はまだそのテンションを引きずっているようで、日曜日の昼に不釣り合いな負のオーラが漂っていた。

「さっき、デパートでケーキを買ってきた」

「ケーキ、ですか……」

この周辺は若者が溢れるおしゃれなスポット……とは言いがたい地域で、カフェや流行のスイーツなどとはどうしても縁が遠くなりがちだ。家族でなにかを祝う習慣がない単身世帯では尚更だろう。

「すごいよ。イチゴショートと、マンゴータルト。どっちが好き？」

店のロゴを見せつけるように、紙袋をくるりと回して百合の鼻先まで持ってくる。

もし彼女に動物の耳や尾があったならば、ぴん！　と反応しただろう。

「え、もしかして私の分もですか」

「これで見せびらかすだけで終わったら、あたしめちゃくちゃにヤバい人じゃない？」

百合の瞳に少し光が戻り、ドアが大きく開かれた。

あたしを出迎えてくれた彼女は見覚えのあるTシャツ――国民的服飾ブランドが企業とコラボしたもの――に、学校指定っぽいジャージ。

「今、ちょうどサメ映画を見ようと思ってたんです。一緒にどうですか」

サメ映画。今時の女子高生はサメ映画を見るのか、とちょっと意外な展開。確かにしっとりした邦画じゃテンションは上がらないと思うから、サメ映画を見て命の大切さとか、仲間との絆とか、平穏な生活のありがたさとか、そういうのを感じようという判断は正しいのかもしれない。

「ならお邪魔しようかな」

こたつテーブルにはかわいい柄のマグカップが置かれていて、匂いから察するに、百合はこの前購入した梅昆布茶を飲んでいたようだ。

塩気があるので、小腹が空いたときにはちょうどいいんです――としなくてもいい言いわけをしている。

「梅昆布茶、料理の隠し味に使うといいらしいね」

「はい、実はそうなんです。でもケーキには合わないですね」

百合は電子レンジ置き場として使用しているプラスチックの収納ケースの中から、黄色いパッケージの紅茶パックを取りだした。

どうやらあたしの持っている紅茶専門店の紙袋には気がついていない様子だ。

紙袋をそっと揺さぶってアピールすると、百合のどんよりした目が、少しずつ通常時に戻り始めた。

「ちょい待ち。茶葉もいいやつがあるから」

「わあっ……」

百合はしげしげと紙袋から取り出した紅茶の缶を眺めた後、台所の戸棚からガラスのティーポットを取り出した。

セットのティーカップはないんですがと彼女は言うものの、そもそも自宅にティーセット一式をそろえている一人暮らしは少ないだろう。

「せっかくなので真面目に作りますね」

やかんで湯を沸かし、平行して鍋でもポットとマグカップを温める。紅茶を抽出するには沸騰したお湯を使うのがいい。道具が冷えているとそこから熱が奪われてしまうので良くないらしい。

「確か……ジャンピングでしたっけ。茶葉がポットの中で回転する方がいいんですよね」

彼女がそう言って指さした紅茶のパッケージには、三角形のティーバッグがうまみをなんとやら……と示されている。

「そうね」

適当に計量もせず、何度かも定かではないお湯を注ぎ、茶葉を引き上げることもせず二回、三回……と出がらしを飲み続けているあたしにこだわりの紅茶の作り方なんて身についているわけもない。

「湿気《しけ》ていない新鮮な茶葉。透明なガラスのポット、沸かしたてのお湯……」

百合が指折り必要なものを数えている間、あたしはおとなしく体育座りで待つことにした。

茶葉の計量が終わり、いよいよ投入、そして抽出……と言うところで、ふとある事に思い当たる。

「あれだよ、お湯を上から勢いよく注がなくちゃ」

フィクションに出てくる執事のように、高い位置からかっこよくお湯を注ぐ必要があるのではないか。そう提案してみたけれど、百合の調べではお湯の勢いで茶葉が動くのは「ジャンピング」ではないらしい。

沸騰寸前の熱い湯が注がれると、透明な耐熱ガラスのポットの中で、茶葉が跳ねまわる。

あたしたちはそれを、水族館に初めて連れてこられた保育園児みたいに真剣に眺めている。

「……いい感じにほっこりしてきました」

「ほっこり？」

茶葉がふっと下に落ちていく様子に「ほっこり」のオノマトペをつけたわけではなくて、ゆったりとした動きに癒しを感じたらしい。

若い感性とはかくも瑞瑞《みずみず》しいものなのね。

きっかり三分蒸らし、明るい琥珀《こはく》色の紅茶が出来上がった。

マグカップに注ぐ時のコポポ……と言う音に、小さくため息を漏らす。落ち着いて耳を澄ませてみると、ヒーリングミュージックとして販売されていてもおかしくない。

「どうぞ……」

差し出された、ずっしりとしたマグカップ。

何度目かの「いただきます」を言葉にして、火傷《やけど》しないようおそるおそる口に含む。おいしくない紅茶は刺激があると表現すればよいのか、どこか科学的な味がする。香り高いマスカットのフレーバーがどうのこうのと言うのはあたしにはさっぱり理解できないが、おいしい紅茶は口当たりがよく、すっと体に馴染む感覚がある。

隣で、百合もほっと息を吐いた。

「お茶、カフェインと水分のためって思っていましたが、こうしてちゃんと味わってみると嗜好品ってことがよくわかりますね」

「そうだね」

嗜好品。味と香りを楽しむもの。イギリス人に出会ったことはないが、お茶の時間を大事にする習慣があるのも頷ける。そうしている間に、百合はケーブルでテレビと繋いだパソコンを操作して配信サイトの中からサメ映画を選び出し、映画の再生を始めた。

　誰でもタイトルぐらいは見かけたことのある有名なパニック・ムービーだ。

　公開されたのは随分前のはずだったと検索すると、なんと百合が生まれる前の作品で、改めて時の流れの残酷さに戦慄してしまう。

　不安を煽るようなＢＧＭの中、百合はうきうきした様子でケーキの箱に手をかけた。

「すごい！　輝いてる！」

　空元気の可能性も捨てきれないが、すっかりご機嫌になった様子だ。

　なにかの景品なのだろう、見覚えのあるキャラクターがプリントされた皿に、ショートケーキとタルトがそれぞれ盛りつけられる。

　いつもの通りに記念撮影が終わったのを見計らい、フォークでさくり、とタルトに切れ目を入れる。一口含むとマンゴーの酸味の後にカスタードの甘さがやってくる。

　絶妙な深みを感じるバランス。高いだけある。

「わっ、おいしい。濃い生クリームの味がする。苺も甘い！」

「ね。全体的に味が違うよね」

「コンビニスイーツも十分おいしいと思うんですが……世の中、いろんなものがありますよね」

百合のしみじみとした言葉に、普段の食費から考えて決して安い品ではないが、やはり購入して良かった……と改めて思う。

ケーキをすっかり平らげた頃、当初の目的であった映画――あたしの中ではすでにBGMと化していたが――は早速一人目の犠牲者が出たところだった。

サメ映画はいくら死人が増えても悲壮感がないのはなぜなのだろう。

これがヒグマだったなら、リアリティがありすぎて北海道出身としては戦慄してしまう。やはり身近な存在でないとどこかシュールさが生まれてしまうのだろうか。

百合はフォークを握ったまま映画に没頭している。有名映画は人を引きつけるなにかがあるから名を後世に残すのだ。

「主人公というのは、やっぱり、こういうピンチだ！　ってなった時はすっぱり決断できるものなんですかね」

サメと戦う映画の主人公は勇敢で、頑丈で、判断力に優れていなくてはいけない。できているから主人公なのだとも言えるが。

「まあ、人生は映画じゃないからね～」

あたしは話の結末を知っているが、彼女の人生の先は知らない。

──お節介だと十分承知した上で、百合になにかしてあげたいけれど、あたしは正しい挑戦の結果であるところの答えを持っていない。

力になってやりたいと思ってはいるが、明確に道を示すことができない。だから、結局は物やイベントごとでしか彼女を釣ることができない。

きっと百合のお父さんも身元保証人としての役割や金銭以外の繋がりで自分が父親でいる意義を見いだせなくなっていて、父親としての自分と、個人としての人格の間で揺れ動いているのだろう。

それが悪いことだとは言えない。家族の繋がりなんて、血は水より濃いとは言っても、ボタンの噛み合わせが悪ければ、あっと言う間に希薄になってしまう。

──やり直してほしい。うまくいくところを、見せてほしい。

若い子が葛藤しているのを見て、自分も変わらなければと思う反面、先に若さゆえの純粋さでそこをぶち壊して、逆にあたしを導いてほしい。

と、甘えた気持ちになってしまっているのが本心なのだが、それを言うわけにもいかないので、あたしはまだ、口をつぐむしかなかった。

六章

木曜日の夕方。月曜も火曜も水曜も、先週と同じく、何事もなかったかのように楽しく過ぎている。今日は会社でランチ会をしたからお弁当箱がなくて、荷物が軽い。

このまま平穏が続くんじゃないか、季節が移り変わるようにあたしと百合も勝手に成長していくから、難しいことはなーんにも考えなくてもいいんじゃないか。

そんな気持ちで、あたしは駅からの帰り道をぶらぶらと歩いている。

視線の先には、たわわに実った柑橘系のなにかの庭木。

北海道では柑橘類が実らない。ちなみに柿もだ。修学旅行で本州に上陸した時、電車から見える民家の果樹に妙に感動したのを覚えている。

「今日も鈴なりだなあ……」

この一帯は古くからの住人が多く、民家の庭先から伸びた枝が濃い緑の葉と、その陰の黄色くて丸い果実を見せびらかしてくる。

見せびらかしてくる、とやや卑屈な物言いなのはそれが豊かさの象徴であるとあたしが考えているからだ。

東京の土地は高い。二十三区なら尚更。値段はぐんぐん上がり、古いアパートが取り壊された後の土地には小さな小さな、この壁と壁の狭さでどうやって建設したんだよ、と尋ねたくなるようなペンシルハウスが売りに出る。もちろん庭もない。場合によっては駐車場もベランダもない。

……だんだん悲しくなってきた。

しかし昔に建てられた家はもう少し土地にゆとりがあり、庭に立派な木が生えていることが多い。つまり同じ地区に住む「われわれ一般庶民」みたいな顔をしている人々と、借家暮らしのあたしの間にはとてつもない差があって……。金融資産が一億円以上の世帯は実は百に一つあって、それは都内に集中していて……

「ねえ、あなた。ミカン、興味ある？」

「ひょえっ！」

謎の柑橘を見上げながらくだらないことを考えていた所に声をかけられ、思わず叫んでしまう。

家主だろうか、小柄な老女が塀の陰からこちらを見ていた。

「ミカン、いっぱいあるから……持って行って。無農薬よ」

いやコレ、さすがに「ミカン」ではないですよ。そのぐらいはわかる。かと言って『じゃあなんの品種だ』と問われると返答に困るのだが……

「あのー、これ、よく見かけるけどなんだろうなぁと思っていただけでして……」

空き巣が物色しているか、それか花泥棒ならぬミカン泥棒と思われたのかもしれない。なんにせよ、あたしは相当不審だったに違いない。

しかし、老女は全く私の言葉を怪しむこともなく、首をひねってからまた無防備に微笑んだ。

「なにかしらねぇ。おとうさんが植えたやつだから。でも、ちゃんと食べられるのよ」

そう言うと、老女は豊作で困っているからぜひ持っていって、ついでに庭を見ていきなさいと手招きをした。

文字通り捨てるほどあると言うので、遠慮なくいただくことにし、自分、百合、そして予備として一つの合計三つの夏ミカンを入手した。

道中は特にわらしべ長者的なイベントは起きず、三つの夏ミカンは無事にマンションに辿りついた。さっそく百合に見せてあげようとチャイムを鳴らす。

「ねえ、近所の家からみ……」

「あっ」

彼女の発した声で、あたしは大体の状況を理解した。百合もあの角を曲がって帰ってくるのだ。

――恐るべきことに、彼女の戦利品は五つもあった。

「なんでそんなに？」

「ご家族にもって言われて。一人暮らしと説明するのが面倒で」

確かに女子高生が一人暮らしをしているとは思わないだろう。あたしに三つ渡すなら、子どもにはもっと持たせてもおかしくはない。

果物は高い。食費を削減したい時、おそらく真っ先に購入品のリストから外れるだろう。それを無償でいただける。ありがたい話ではある。しかし、保存が利くとはいえ八個は多すぎる。

結局、品種はわからないものの形状と季節から、我々はこれを「甘夏」と仮定して利用方法について検討することにした。

「甘夏」に「夏」の文字が入っていることが決め手になったのは言うまでもない。

「まずは一つ食べてみよう」

包丁で軽く切れ込みを入れ、皮を剥くと、強い酸味を含んだ香りがあたしと百合の間に漂った。市販品とは違う、マイルドな香りではなく野性的な、薄れていない生命の気配がした。

中の薄皮は分厚く、そのまま食べると食感が悪くなるからさらに細かく薄皮を剥いでいく。小ぶりな甘夏の可食部は思いの外《ほか》少なく、普段遣いの茶碗に半分ほどだった。

「……すっぱ」

予想はしていたものの、やはり甘味よりは酸味の方が勝《まさ》る。

「食べられないほどではないですけどねー。加工した方がいいのかな」

市場に出回っているものはプロが売るために丹精込めて栽培したものだ。庭先の夏ミカンが同じクオリティであるはずもない。

お酒は飲まない。風呂に入れるのは実が勿体ない。無難にゼリーかジュースだろうか。もう一つ口に入れる。酸っぱい。砂糖でも振りかけたらちょうど良い塩梅になるだろうか……

「あー、そうだ。こういう時は、ジャムだよ、ジャム」

あたしは閃いた。大量にある果実を消費する方法。それはジャムかジュースと相場が決まっている。

「ジャムですかぁ……」

冴えていると思ったが、百合は乗り気ではなさそうだった。彼女はあまりパンを食べない。と言うことはジャムにも馴染みがないのだろう。

かく言うあたしも提案しておいてなんではあるが、そんなにジャムトーストやヨーグルトは食べない。まれに欲張って内容量の多いジャムを買ってしまい、使い切れずにカビを生やして後悔するの繰り返しだ。百合がジャムをシェアしてくれたらそれはそれで嬉しいんだけど。

「生のままよりは保存が利くと思ったんだけど……」

「それはそうですけど」

百合は切り出しにくそうに言葉を続けた。

「私、マーマレード、苦手なんですよね……」

「えっ、そうなの」

好き嫌い、あったんだ。百合は食べ物に関しては好き嫌いがないと思っていた。

「あれ、でも……フレンチでさ。甘夏のジュレってあったじゃん。あれだよ。普通に食べてなかった?」

あれもカテゴリ的にはマーマレードの仲間だと思うのだけれど、その時は全く好きとか嫌いとかの話にならなかったと記憶している。

「あ、確かに……名前が違うから意識してなかったのかも」

なら好き嫌いをいつの間にか克服したってこと、いいんじゃないの。とは問屋が卸《おろ》さない。

百合はまだ納得していない。何やら、自分の家にマーマレードがあることに抵抗を覚えているようだ。人間の感性は謎だ。

「苦手と言いますか……あまり良くない思い出があって」

良くないとは違うかな……と百合は首を傾け、記憶を辿るようにぽつりぽつりと続けた。

「母はマーマレードが好きで、よく自作して。でも、私は皮が入っているのが嫌いで。ほとんど口をつけた記憶はありません」

マーマレードはほろ苦い。確かに、子どもがあまり好んで食べるイメージはない。

「それで、母が入院して、家からマーマレードがなくなり、そのまま……」

それ以来、意識して食べよう、という気にはならなかった。

百合にとっては母の作ったマーマレードでないならば、わざわざ手元に置く必要がないものなのだ。

「なら、全部ジュースにする？　それか水菜と合わせてサラダとか……」

「ちょっと待っていてください」

百合は自分の部屋に戻り、件のレシピノートを持ってきた。

ぱらぱらとめくり、最後のページまでゆき、がっくりと肩を落とした。

「やっぱり、マーマレードのレシピ……載ってない。私の好きな料理しかないんだ」

百合の母は娘の好きなものを選《え》りすぐって書き残したのだろう。限られた時間の中で取捨選択したのかもしれないし、娘の味覚が成長し、嫌いなものを食べられるようになり、自分の思い出を辿る。そこまで想像する余地が残っていなかったのかもしれない。

レシピがないなら無理に作ることもないとばかりに、百合はノートを閉じて、もう一つ剝いて食べてしまおうか、みたいな動きをした。

そこで、あたしの口がまた勝手に動いた。

「いや、待って」

「……」

百合はホントに、黙ってあたしが喋るのを待っている。

「でも、あたしは、家にジャムがないからジャムが欲しい」

何言ってんだ自分？　普通に買いなさい。多分、買ったほうが安いし。

「いや、百合の分は食べちゃってもいいんだけど。三つぐらいで作れる分量で、ちょっとやってみよっかなって……無農薬らしいし」

百合はしばらく黙っていた。

あたしの発言は心からの本心ではないけど、嘘は一つも入っていないし、百合に食えとも言っていない。だから反対することもない。

一緒に作ろうとも言わない。

ただ、あたしは、将棋崩しみたいに、ちょっと駒を動かすだけ。

恐る恐る百合を見てみると、生真面目な顔で彼女は頷いた。

「……わかりました。マーマレード、やりましょう」

百合はあたしとマーマレードを作る気になったらしい。

それから、ひたすら甘夏の皮を剥いた。

外皮はともかく、房ごとに薄皮を剥がしていく。この作業が結構な手間だ。

食感の良さに関わってくるから、真面目に取り組まなくてはいけない。薄皮や種は煮込むときに使うらしく、捨てることはしない。

その間に、百合は外皮の苦みがある部分——白いワタを取り除いた後、細かく刻んで小鍋で外皮を茹でこぼす。爽《さわ》やかな香りがキッチン中に広がる。ぼこぼこと沸騰する湯の中で、明るい黄色がぴょんぴょんと跳ねていた。

その作業を二回繰り返す。皮が半透明になり、一層しなっとしてくる。大体の食べ物について思うことだが、最初にこの作り方を考案したのは誰なのだろう。いくら食料に乏《とぼ》しい時代だったとは言っても、苦みを取るための燃料費だってばかにならないと思うのだが。

「このくらいで、大丈夫ですかねえ」

百合が差し出した皮をひとかけら、味見と称して囓ってみる。

「苦っ！」

舌にビリビリとした苦みが突き刺さる。砂糖を入れると、この苦みがちょうど良くなるのか、それともまだ下処理が足りないのか。素人すぎて判断がつかない。

「まだみたいですね。確か……母は、マーマレードを作るのに二日ぐらいかけていたような」

「そんなに⁉」

ネットで検索したレシピには二、三回茹でこぼせばいいと書いてある。なにか違う作り方があるのだろうか。

「たしか……水にさらしていたような？」

百合は記憶を辿っているのか、こめかみを押さえている。調べてみると、茹でこぼして苦みを取り除くが、気になる人はさらに数時間か一晩ほど水にさらすらしい。

苦みは旨味でもあるためにやり過ぎると風味が損なわれてしまうとの注意書きがあったが、あたしたちはマーマレード初心者だから、マイルドな味を目指すことに決めた。

その日はもう、晩ご飯を作ろうという気力は残っておらず、二人してうどんで夕食を済ませた。

「確か、色が茶色くて。全然可愛くないなと思った記憶があるんです」

金曜の晩。百合はスーパーで三温糖を買ってきた。精製された白砂糖ではないため、ジャムは必然的に茶色っぽくなるだろう。

果実、そして計量した砂糖を鍋に入れる。正直、砂糖の量が多すぎて引いてしまう。

「先にこの状態で実を潰しておくと水分が出て、煮る時間が短くて済むそうです」

百合は手に持った麺棒でじゃり、じゃり、と甘夏を潰しはじめた。じっとその様子を見守る。断じてサボっているのではない。

「昨日、思い出しました。この作業だけ手伝っていた……ような気がして」

「砂遊びみたいなノリかね」

「そうですね。食べ物で遊ぶのってちょっと悪いことをしているような感覚があって、それが尚更かもしれません」

母の話をするの、うざくないですか。と百合は続けた。

「いや、別に」

人間の話題なんて基本的に身の回りのことしかない。

好きなだけしていいよと返すと、百合は実を潰すのをやめた。すっかり薄茶色のどろっとした液体になった所に、水気を切った外皮、お茶のパックに入れた薄皮と種を投入して火にかける。沸騰するまでは中火だ。ふつふつと、徐々に熱が通っていく様を二人で眺める。

「多分……私は、父が精神的に遠くに行ってしまうことで、母の話をする相手が居なくなることが嫌なんです。祖父母も先に死んでしまうし、このままだと記録には残っているけれど、母と血が繋がっているのはこの世界で自分だけなんだと思って、無性に怖くなるときがあるんです」

沸騰した所で、タイマーをかけて十五分煮る。百合はくるくると、木べらでジャムをかき回す。

「お母さんは一人だけだから、新しいお母さんなんていらないって言ったのは私です。だから家事も勉強も頑張らなければいけないと。でも、頑張った結果、私は一人になってしまう」

自分と父親の間に誰も入ってほしくない。

そう考えて努力を続けた末に、一人でも大丈夫だと思われてしまった。お父さん的にはどんどん大人になってゆく娘を見ていて、ある種の寂しさもあったのかもしれない。

百合はひたすらにジャムをかき回し続けている。

「多分、相手はもう三十代の後半ぐらいで。彼女も子どもが欲しいんだと思います。だって、そうじゃなければ私が成人するまで待ちますよね。だから、これから私はどうしたらいいのかなって。今更、母に対する裏切りだとは思っていないんです。でも、再婚して、子どもが生まれたとしたら」

百合は木べらをぽい、と手放した。代わりにあたしが混ぜる係になる。向き合って話しているわけではないが、声の調子でティッシュが必要になったことがわかる。

「お父さんは新しい家族を作って、私だけが過去に取り残されてしまう……」

ジャムを混ぜるけれど、一向に完成に近づかない。とろみのある感触にはほど遠く、未だに水分が多めだ。

あんなに真剣にやっていたのに、どこかで作り方を間違えてしまったのだろうか？

「でも、ここで私が引かなかったなら……そのことをお互いずっと引きずって行かなければいけない。ふとした時に『ああ、あいつのせいで人生が駄目になったんだ』って思われたらどうしようって。悪者にもされたくないんです」

お上品な見た目の女子高生が絞り出すように紡ぐその言葉には、若さから来る愚かさと、どうしようもない劣等感がにじみ出ている。

木べらをゆっくりと鍋から引き上げる。

「そういう風に考えるのは、共感できる」

木べらを持ち上げると、ぽたぽたと滴が垂れた。

「でも、過去の出来事を忘れていくのは仕方がないとも思う」

再び木べらをマーマレードに差し込むと、まるでそれがなにか合図かのように手応えが変わった。

それはまるで、彼女の感情の流れをせき止めてもいいのだと、天啓のように感じられた。

「夫婦は……元々他人だからですか？」

「そうじゃない。別れがあるのが必然だから」

言いたいことはもっとある。彼女と出会ってから、自分の中で様々な感情が駆けめぐるようになった。しかし、それをまとめて言葉にし、彼女にぶつける勇気がまだ自分にはない。

「正しくは、人間は必ず死ぬし、子どもは必ず親離れをするものだから」

「……哲学的ですね。私、まだ、親離れしたくないんだと思います」

「そうだね」

あたしは彼女の親ではないし、姉ですらない。あたしがいるからいいじゃん、とは言ってはいけない。それこそ無責任だ。

「まだ時間はある。結論を急ぐ必要はないよ」

……いや、向こうはそうでもないのかな。ないよな、だって連絡をどんどんと入れてくるのだから。しかしあたしは百合の側に寄って物事を考えている。よって無罪。

「あー、煮詰まってきた……」

百合はずるずると、キッチンの床にうずくまった。

その表現はジャムに対しては正しいが、今の感情に対しては正しくない。『煮詰まる』は議論が十分に行われ、結論が出そうになったあたりで使う言葉なのだ。

あたしも百合も、まだ煮詰まってはいないということだ。

しばらくあたしは、マーマレードを無言でかき混ぜ、ここぞというところで火を止めた。

「どう？」

「それっぽいです……」

恐る恐る声をかけると、半泣きの百合はふらりと立ち上がって、鍋の中を覗き込んでそんなコメントをした。

それっぽい。

確かにマーマレード以外の何者でもない、気がする。

「出来た……」

なんとか甘夏マーマレードは完成した。煮沸消毒した空き瓶に入れ、おさまりきらない分は製氷皿に小分けして冷凍する。

しかし、夕食がジャムパンか？　と問われると、そんな気分ではないのが正直な所で、その後にありあわせの肉と野菜、レトルトのソースを使って回鍋肉《ホイコーロー》を作って食べた。なぜだか、金曜日は料理が雑になりがちだ。

翌日。週休二日のあたし、土曜日はうきうきホリデーだ。

休日と言えばなにか。それは「ブランチ」だ。

百合は朝一で駅前のパン屋に向かった。その間に、あたしはベランダのセッティングをする。

未だ修繕されていないベランダは実質二倍の広さで、ちょっとしたファミリーマンションほどのスペースがある。しかしウッドデッキなんておしゃれなものはなく、打ちっぱなしのコンクリートが広がるばかりだ。

ゴミ袋をコンクリートの上に敷き、夏用のタオルケットを敷物代わりにし、クッションや枕をかき集めるとなんとなく「それっぽく」はなる。

「パン屋、めちゃめちゃ並んでました」

ハムエッグを焼いていると、百合が戻ってきた。

人間考えることは皆同じなのか、焼きたてのパンを求める人々で混雑していたらしい。

「スーパーでレタスと牛乳が安かったのでそれも買ってきました」

市販の粉タイプのポタージュをお湯ではなく牛乳で溶き、粉チーズとパセリをふりかける。

限られたキッチンのスペースにトースターの居場所はない。オーブンレンジでトーストを焼く。

トースト、ハムエッグ、ポタージュにレタスだけのサラダ。

甘い物は食事の代わりにはならない。マーマレードはデザート代わりだ。

「いただきます」

焼きたての食パンはもっちりとして、自然な甘味が特別な朝を感じさせる。

目の前にあるのはベランダの柵でしかないが、そこは感性でカバーする。

「あー、お腹いっぱいになってきました」

「ジャムはどうした……」

パンがうまいと言って八枚切りのパンを二枚食べてしまえば、それはさすがにお腹いっぱいになるだろう。

そもそも甘夏マーマレードのためのパンのはずだが、まあ機会はいくらでもある。

今日必ず開封しなければいけないと言うものでもなかった。

「パン、半分でいいですか」

「そうしようか」

異存はなかった。正直言ってあたしも一枚食べきる自信がないのだ。

第二弾のトーストを焼いている間、百合は紅茶を作る。すばらしいチームプレーだ。

「よっしゃ、いくぞ」

「はい」

味見をしたはずなのに、なぜだかジャム開封の儀は緊張した。自家製マーマレードは茶色くて色が悪いし、皮がちょっとごろっとしていて、塗りにくい。

「あ、パン切るの忘れてた」

食パン一枚を半分こする予定だったのに、間違えて全面に塗ってしまった。これから切ったら包丁がべたべたになってしまう。

「大丈夫です。いけます」

百合はマーマレードが塗られたパンを受け取って、手で半分に引き裂いた。そのせいで高級食パンはおしゃれさのかけらもない見た目になったけれど、まあ、楽しければよし。

「では、いただきます」

保存するために砂糖で煮詰めているから当然なのだが、ジャムはギンギンに甘かった。横目でちらりと見ると、百合は神妙な顔で目をつぶり、マーマレードトーストを味わっていた。

「どう？」

「……正直、母が作ったものを食べていないので。近いのか近くないのかわかりません」

「……そうだね」

「でも、おいしいですよ。うん」

失ってしまったものは取り戻せない。しかし、百合は、これはこれでいいのだと言った。ほろ苦い思い出を、成長の糧《かて》にすることができた。それだけでやる価値はあった。彼女はそう結論づけたのだった。たぶん。

「でも、ジャム作り、面倒くさいからもういいかなって感じです」

「確かに」

その言葉にも、完全に同意するしかなかった。

「諏訪部ちゃん、この前はありがとう」

週明け。先輩はいつかのサポートのお礼に、あたしにお菓子をくれるそうだ。いただいた紙袋の中を確認すると、オランジェットだ。オレンジピールをチョコレートでくるんだお菓子。うん、高級品だ。なんたって、これが出来上がるまでには大変な手間がかかると、あたしは知っている。

七章

「この会社の人、みんなおかしいです」

「はあ……うん、そう……かな？　いや、普通だと思うよ」

火曜日の給湯室。あたしは派遣社員の佐伯《さえき》さんに詰められていた。

おかしい人にあたしも含まれているのだろうか、とはとても尋ねる雰囲気ではなかった。

ことの発端は給湯室の使い方についてだ。昼休憩の時、そこで弁当箱を洗うのはいかがなものか――と彼女は問題提起しているのだ。

彼女の指は、排水口に散らばった三粒の米を順番に示している。

「見てください、これ。次に使う人のことを考えられないんですよ。いい歳の大人がですよ」

「そう……まあ、たまたまかもしれないよね」

そんな細かいことを気にするなよ、とあたしは言いたい。でも言えない。

衛生観念は人それぞれ。共用部分がきれいに保たれるかどうか、それは個々人のモラルにかかっている。

それでは統率が取れない時もある。だから掃除のマニュアルが存在するのだ。

しかしこのように明確な業務として設定されていない箇所――家庭では「見えない家事」と言われるような雑事。どうしても、そのような細かい漏れが発生してしまう。

そうしてそれが最初に発見されてしまった時。

『なんでちゃんとしてないんだ！』と第一発見者の怒りが爆発するのだ。

「数日間観察していましたが、いつもこうです」

彼女はぴしゃりと言葉を切った。

犯人はあたしではない。世の中にこういうきっちりした人が存在するのがわかっているのだ。だから外ではやらないように気をつけている。無実を証明するまでもなく、彼女もそれを理解している。だから安心してあたしに言っているのだと思うが。

「お弁当を作ってもらう代わりに、せめて洗い物ぐらいは終わらせておこうって考えなんだろうねぇ」

汚れものをビジネスバッグにしまい込むよりは、昼休みの時間を使って弁当箱を洗ってしまった方が効率的だと考えることはさほど不自然ではないと思う。

「どうして他の人が家庭でいい顔をするのに私が協力しなければいけないんですか?」

別に誰も君にシンクの掃除をやれとは言っていないのだ!

内心でそんなことを思うけれど、口には出来ない。

夕方に各所のゴミを集め、給湯器のポットのお湯を捨て、コーヒーメーカーとシンクを洗う。それは彼女が帰る前のルーティンとして自ら定めていることだ。

明確に定められた業務ではなく、彼女が来る前は誰かしらがやっていたのだ。たとえ彼女が一番下っ端だと自認していたとしても、指示されない以上はやらなくていいのだ。マメに掃除をすることで待遇が良くなるなんて絶対にありえないし。

「こんなだらしのない人が、よく仕事なんてできますよね」

佐伯さんはあからさまに苛々とした口調でブルーのスポンジをゴミ箱に捨てた。

いつからか、シンクにはスポンジが二つあって、ブルーは食器で、ピンクはシンク用だ。それが間違えて使用されても、彼女は怒る。だから今は、食器洗い用のスポンジで誰かがシンクを洗って、なおかつそれでも生ゴミがシンクに残っている、というダブルの怒りが彼女に押し寄せているのだ。

犯人が誰かはわからない。けれどまるであたしが罵《ののし》られているようで、こっちの気分がブルーになりそうだった。

それでも、穏当になりそうな表現を探しつつ口を開く。

「佐伯さんが片付けちゃうから、多分汚れたことに気が付かないんだと思うなー」

「だって、そのままになんて、しておけないじゃないですかぁ！」

……お弁当箱を洗った後のヌルヌルしたスポンジや食べ残しが入った三角コーナーを放置されるのが彼女には我慢がならないのだ。もっと言うと、水滴がポタポタこぼれているのも嫌らしい。

結局、夕方を待たずして昼休みに給湯室の清掃作業が発生する。それが彼女には負担で、不平不満の元なのだ。繰り返すが、だれも彼女にやれとは言っていない。

――自分はまだ我慢できるから、気が付いた人がやればいいや。

世の中にはそのような考えの人間が一定数存在する。別に『派遣は正社員さまの雑用をやりやがれ！』なんて意地悪な発想の人が居るわけではなく、ただ単純に何も考えていないだけだ。

あたしだって、やらないだけで水を多めに流して見なかったふりをするぐらいしかしていないから。

「ちゃんとできないなら、最初っからここで弁当箱を洗うのを禁止してほしいんですけど」

「それは無理だよ……」

禁止を提案することは簡単だ。

しかし、弁当箱洗い派との対立構造になるのは避けたい。でも毎回愚痴を言われるのは嫌だ。だんだんと『この人、別の所ではあたしの悪口を言っているんだろうな～』って気持ちになってくるから。

わかってる、平和的に解決する方法。彼女の言うとおり、皆がきれいにシンクを使えばいい。でも、言われた事を完璧にこなす。

それはもはや一般人ではなくて、優秀な人材なのだ。

「とりあえず、張り紙でも貼っておこうか！」

あたしは逃げた。

佐伯さんから離れて、デスクに引きこもる。今日の仕事を片付けた後、適当にソフトを駆使して作成した看板をシンクの付近に貼り付ける。

『シンクはきれいに使いましょう！』すばらしい出来だ。高圧的な感じがしないように、無料のイラスト素材サイトからお借りした可愛いアライグマの絵がいい感じ。

佐伯さんは自前の水筒にコーヒーを満たした後、コーヒーメーカーを片付けてさっさと帰っていった。

コメント、特になし。

あたしはその態度を見て、彼女にとっては米粒やスパゲティの残骸が問題なのではなく……ただ寄り添って、自分のためになにかをしてくれる人が必要に違いないという性善説に基づいた仮説が崩壊したのを悟った。言ったことでもうスッキリしたんですね。

それにしたって、コメントの一つぐらいはしてくれてもいいのに。

シンク問題が解決したら、今度はどこが気になり始めるのかなぁ……と先回りして次の改善点を探そうとしていると、給湯室に課長がやってきた。

「なんだ、シンクの使い方がちゃんとしてねー奴がいるのか」

「はあ、そうみたいです」

「偉いね、よっ！　諏訪部環境大臣！」

「ははははは。どなたか賄賂《わいろ》をくれませんかね？」

犯人はあなたかもしれませんよ。とはとても口に出来なかった。

課長は本当に賄賂《わいろ》をくれた。黄色いパッケージの高級蜂蜜羊羹。単純に課長とその家族は和菓子が好みではないだけなのだが。

羊羹は保存性がよく非常食に適していると聞く。デスクの引き出しにしまい込み、会社を後にする。


「はあーぁ」

最近本当に独り言が増えてきた。なんだかどっと疲れた。善良な人間だと思われているのか、はたまたチョロいと思われているのか。

駅を出ると、むわっと嫌な暑さが体にまとわりつく。雨が少ししか降っていなくても、湿度が高ければ髪の毛はボサボサになる。ふと窓や鏡に映った自分を見て「うそっ！　なにこれ！」と自分のちりちりした髪の毛にため息をつくという一連の流れを、もう人生で何度繰り返したことだろう。

「やってられねえ……」

帰宅前に、足を延ばしてスーパーへ寄る。

創作。そして破壊、吸収。この一連の流れによってストレスを解消させるのだ。簡単に仕込みを済ませたのち、晩ご飯にありつくために百合の部屋を訪れる。

カボチャとクリームチーズのコロッケ、付け合わせのキャベツ、ほうれん草と油揚げの味噌汁。

帰宅したらすぐご飯があるのって、最高だわ、と今夜はいつも以上に百合に感謝する。

「ねえ、あたしになにかしてほしいことある？」

「え？」

夕食後、さっさと皿洗いをしようとしている百合の背中に語りかける。

百合はわりと行動がきっちりしている。つまり今、あたしが片付けるために食器を重ねて運んだのを『そのやり方だと外側の汚れていない部分にまで油汚れが付くじゃないですかぁ！』と思っているかもしれない。

「そうですね……池袋に、おいしいジンギスカンのお店があるそうなんですが、ちょっと高校生が入れなさそうな……」

「いや、それ系じゃなくて。日常生活の不満みたいな」

「特にないですね」

スパッとした返答は忖度《そんたく》ではないと結論付け、この話題は終了とする。

「そうか。ならいいんだけど。実は今日さ……」

「あ、デザートがあるんですよ！　チーズケーキ！」

「げっ！」

なんてタイミングの悪さだろうと、思わずのけぞってしまった。

「……嫌いでした？」

百合は『マジかよこいつ嫌いなものなんてあったの？　まずったなー』みたいな顔であたしを見ているので、あわてて弁明する。

「いや。実は、今日、あたしもデザート……のようなものを作るつもりで……」

腐る物でもないし明日にする、と引き下がったあたしに対し、百合は『なにかは知らないが、同時に食べてしまえばいいじゃないか』と言うのであった。

「重くない？」

「デザートは別腹と言いますし、この後ドラマもありますから」

百合は先日の甘夏マーマレードを消費する方法を考えて、チーズケーキを作ったらしい。

「京子さんは何を作るつもりだったんですか？　シフォンケーキとか？」

「そんな大層なもの作れるわけないでしょ。あたしはですね。梅雨《つゆ》なので……」

「なので？」

「クリームソーダを作ろうと思う」

クリームソーダ。それはノスタルジーの塊。とは言っても、百合どころかあたしも百貨店の喫茶コーナーで食品サンプルをワクワクして眺めながら……と言う世代ではない。

我々のような平成生まれにとっては「昔のレトロな飲み物」であり、身近なものではなかった。しかしこの数年、その色鮮やかさが「映《ば》える」と言うことで、再び市民権を得つつあるのだった。

「普段から作ってるんですか？」

「いや、生まれて初めてチャレンジする」

暇つぶしに本屋をうろつくと、喫茶店特集などで見栄えの良い飲み物が涼しげな顔で表紙を飾っているのを目にする。それを自宅で再現してみようというわけだ。

おままごとは一人より二人の方が捗《はかど》るのだから、カフェごっこも同じ。会場はあたしの部屋とする。

百円ショップで買い求めた大きめのグラス。冷蔵庫で冷やしておいたかき氷シロップ、炭酸水、缶詰のサクランボ。

グラスの八分目まで氷をびっしりと入れる。次に、メロンシロップをそっとグラスに注ぎ入れる。分量は適当だ。

「注ぐ時に動画を撮ってもいいですか?」

「い、いいけど……SNSとかにアップしたりしないよね?」

悪いことをしているつもりはないが、さすがに全世界に向けて個人情報を発信するのは避けたい。

「グラスしか映しません」

それなら良し、と冷蔵庫から無糖の炭酸水を取り出す。

ぷしゅっと炭酸飲料特有の小気味よい音がして、年甲斐もなくワクワクしてくる。

そっとグラスに炭酸を注いでいく。

「〜♪」

突然、百合がなんだかわからない歌を口ずさみ始めた。

若い子の間で流行っているノリのいい歌の一節だろうなとは思う。けれど予想もしていなかった展開に、あたしはちょっと笑いそうになるし、手がぶれる。

でもなんとかこらえて、無言のままで炭酸水を注ぎ込む。

トクトクトク……シュワアアア、と音が広がり、同時にシロップが美しい緑のグラデーションを作り出す。

レシピでは最後にマドラーで混ぜていたのだが、グラデーションのままでもきれいかと思い、片方はそのままにしておく。

この後は時間との闘いだ。バニラアイスを丸くすくい上げるためのディッシャーを持っていないから、少し溶かしたアイスクリームをラップでくるみ、小さいおにぎりを作る要領でボール型に丸く成形しなおしておいた。

急いでラップを剥がし、氷の上にアイスを設置。そこに埋め込むようにサクランボを載せれば完成だ。

「できた……！」

「並べて写真を撮るので待ってください！」

「早くしないと溶けるよ？」

　ああでもない、こうでもないとベストショットを模索しているうちに、アイスクリームはどんどんと溶けていった。

「ところで、どうしてこんなことを？」

「実は今日さ……」

「すみません、先にチャンネルだけ……あっ、延長だ！」

　チャンネルを回した先では、ドラマではなくプロ野球の中継が流れていた。

　ぶつくさと呟くその姿はどことなく主婦めいている。

　開きかけた口を閉じて、二杯のクリームソーダをテーブルに運んだ。

「まあ、仕方ない。そういう取り決めになっているから。さ、溶けないうちに飲んじゃいな」

「それで、何があったんですか？」

　百合はそんなに深刻な話ではないと気が付いているのか、ちょっと期待したような目であたしを見ている。

「いやー、人間って色々あるから難しいなって」

「大人で、社会人になってもそうですか？」

「うん」

百合の自作したベイクドチーズケーキをつつく。

市販のビスケットを砕いてバターと混ぜ、タルト台にする。クリームチーズと小麦粉、卵、レモン汁……。オーブンで四十分焼く……。頭の中でレシピを考えながらいただく。

ほろりと崩れ、市販品よりは柔らかで、甘さ控えめかつ酸味が強め。トッピングされた甘夏のマーマレードを足すと、尚更こだわった仕上がりに感じられる。

「おいしいよ。カフェのケーキみたい」

お世辞ではなく本当の気持ちだ。

「でも、手間とかケーキ型のことを考えると買った方が安かったですね」

簡単スイーツレシピなどと言ってバズることは多いが、チーズケーキにはクリームチーズが必要なのであって、そこまでその材料を常備しているか持て余している……

という家庭は少ないのではないだろうか。

「自分でやってみた、ってことが重要なんだと思うよ」

ちょっとばかし不格好でも、自分の作ったものに愛着がある人もいる。もちろん出来のいいものに囲まれて暮らしたい、時間の方が重要だ、と言う人を否定しないが。

そう言って肩をすくめると、百合は『ほんとにそれです』と苦笑した。

「で、結局なんでしたっけ。そうです、今日なにかあったんですか？　痴話喧嘩ですか、それとも修羅場」

「そんなの起こるわけないでしょ。スポンジだよ、シンクのスポンジ。皿洗いスポンジとシンク洗いスポンジが混同されちゃうって話が会社で問題に……」

「ああー。それはダメですね」

駄目だったぽい。自分の家だけにしよう、と心のメモにしっかり書きとめておく。

突然聞こえてきた歓声で会話が中断する。野球中継は劇的なサヨナラタイムリーで試合が締めくくられ、晴れやかな笑顔の知らない野球選手たちがハイタッチをして喜んでいるところだ。ホームでの勝利、このあとインタビューが流れるだろう。

「あのー、つかぬことをお伺いしますが」

ドラマが始まらなくて手持ち無沙汰になったのか、百合はクリームソーダをつついている間、次の話題を思いついたようだった。

「うん」

「京子さんって恋人いないんですか？」

「こんなに毎週会っていて、居るって言ったらびっくりするでしょ……」

突然の恋バナ展開に、驚いて百合を見る。この状況で恋人がいたならば、たとえ同性だとしても仲がよすぎる、と責められるだろう。

「え、でも、京子さん美人なのに……」

「大人になっても縁がない人はないよ……」

自分のことを特筆すべき美人だとは思わないが、不細工でもない。狙い通りと言うかなんと言うか、見てくれだけはそれなりに見えるらしい。

しかし人生でモテたことは一度もない。特段モテたいと思ったこともないのだけれど……意中の異性を奪い合ったり、結婚して子どもを産むことを人生の目標にしたり。そういうことからは、あたしがどうしても蚊帳《かや》の外に感じられる。

「そ、そうですか……あ、私もいないですよ。同級生の男の子って子どもっぽくて」

百合は好奇心に負けて聞いてしまったけれど、失敗したなと思っているのだろう。彼女のお父さんなんかは男やもめでも恋人がいるのだから、大人になれば恋人の一人や二人いるはずだ、と考えても不思議はない。干物ＯＬの生態は謎に包まれているのだ。

そこでふと気が付いた。

「……なにか……異性のことで……相談したいことでも……あった？」

大人の愛に飢えているヤツは、ちょっと年上の調子のいい男に引っかかりがちだから気をつけるんだよ、と気を付けすぎてここまで来てしまったあたしが言うのもアレではあるが。

けれどこの問いに百合ははっきりと首を横に振った。

「いえ、特には」

それならいいんです、と笑いながら、百合がクリームソーダを飲み干す。

「まわりの恋バナについて行けなくて、自分はやっぱりおかしいのかなって」

女子。すなわち恋愛の話が好き。そのような空気は確実に存在するが、趣味や仕事に打ち込んでいたり、そもそもまったく興味がなかったりと、大人は様々だ。

まあ、色恋沙汰の次は仕事や育児や介護の話題にシフトしていくのだが、それだって世間から若干はみ出しているあたしには縁の遠い話ではある。

「でも、百合はドラマ好きだよね……」

予定より遅れてドラマの放送が始まった。

暇つぶしの娯楽が溢れんばかりにあるこの時代にわざわざ時間を取って恋愛ドラマを見るのだから、「恋愛ネタが好き」なのではないか、と考えるのが普通だ。

「だってこれは創作じゃないですか。漫画や映画と一緒ですよ。現実とはちがいます」

「いやそれはそうだけど……」

「ドラマはきれいで、ハッピーエンドのまま。続きがないじゃないですか」

ドラマは実在の人物が演じているが作り話なのでエンタメであり、彼女の中では現実とは違うらしい。そんなものなのかね、と温《ぬる》くなりかけのクリームソーダを喉に流し込んだ。

八章

「サァカナ、オイスィヨーッ」

魚屋の、愛想がいいんだか悪いんだかよくわからない店員の声にあたしは足を止めた。

水曜の夜。今日は定時ぴったりに退社し、まだ人で賑わう商店街をうろついている。仕事帰りに駅ビルだのジムだの飲みだの行かずに生活感溢れる最寄り駅にまっすぐ戻ってきてしまうあたり、あたしにとって東京の娯楽は過分なものなのかもしれない。

閉店時間が迫った魚屋では徐々に値引きのシールが貼られ始め、人が忙しなく出入りしている。

「魚か……」

氷のびっしり詰まったケースの内側から、ぴちぴちの鯛がこちらを見つめている。

肉と魚をバランス良く摂りたいのはやまやまだが、処理の簡単さと値段の観点からどうしてもタンパク質なら肉となりがちだ。

「これね、無料でさ・ば・け・ます。サバじゃないけど。あはは」

「はい。そうですね」

あまりうまい返しが思いつかず、自動音声ガイダンスのような無機質な返答になってしまった。

若干申しわけない気持ちだ。それはさておき、注目すべきは駄洒落ではなく話の内容。

魚を無料でさばいてくれる。そのようなサービスが存在することを知ってはいたけれど、それが無料とは価格破壊もいいところなのではないか。

刺身、塩焼き、煮付け……悪くない。むしろいい。

「でもなあ……」

家に転がっていたサンマの缶詰で蒲焼き丼を作る決意が揺らぐ。逡巡していると、スマートフォンにメッセージが入った。

『今日は宅配便が来ます。食べ物です』

心をこめて接客してくれた魚屋さんには大変申しわけないが、鮮魚はまたの機会にお預けだ。

『何が来るの？』

家への道を歩きながら、内容を確認する。状況によってはなにかを買って帰る必要があるかもしれないから。

『さぁ？』

百合にしてはものすごーく、そっけない返事が来た。通販で自ら注文したものではないらしい。となると、百合の保護者かそれに近しい人物が送ってきた物。

彼女の父親は名古屋に単身赴任中。となると名古屋……の名物って何だろう。

中華街……は神戸だった。金のしゃちほこ……は食べ物じゃない。それをかたどったなにかしらのお菓子はあるだろうけれど……あんこたっぷりのモーニングトースト。その他には……

「そうだ、ひつまぶし」

ドアを開けた瞬間に気が付いた。けれどウナギは浜名湖、静岡県なのにどうしてひつまぶしが名古屋の名物なのか。隣の県じゃん。あたしが知らないだけで愛知もうなぎの産地なのか。

考え始めたその時、かすかにインターホンのチャイムが聞こえた。

隣の――百合の部屋からだ。荷物は冷蔵便のようだった。

ほどなくして、ベランダから段ボールを抱えた仏頂面の百合がやってきた。

「ここで開けていいですか？」

「いいよ」

百合はキッチンの床で、伝票ごと引きちぎる勢いで開封をはじめた。

段ボールの隙間からぎょろっとした目がこちらを見た。彼はまさしく金のしゃちほこだ。百合の肩越しから無機質な瞳が「お前誰？」と問いかけてくる。

「しゃちほこクッキーですね」

百合はそう言って、金色に輝く缶をダイニングテーブルの上に置いた。

「名古屋コーチンカステラ。あんこチョコサンド」

「ふむふむ。いいね」

無理に褒めなくても、なるほどと思わせるラインナップだ。でも冷蔵品じゃないな。

「味噌カツ」

「おっ」

見た。

「うなぎの蒲焼き」

思わず手を叩いてしまった。いや、あたしの物ではないけど。

「よかったじゃん。早くしまってきなよ」

返答はなかった。百合は段ボールを床に置いたまますっと立ち上がり、あたしを見た。

あ、これはヤバい。また地雷原に突入した。脳内で緊急警報が鳴ります。

「いらないです。京子さんにあげます」

「いやいやいや。うなぎだよ?」

「うなぎでも穴子でもいらないものはいらないです」

「うなぎだよ⁉」

あたしはもう一度、声を大にして確認した。

「嫌いなの? なにかアレルギーがあるとか?」

「いいえ。ただ、この名古屋全開のラインナップにいらっとしてしまって。こういうの、マウンティング? マーキング? どっちですかね?」

なんかヤな感じ、と百合は吐き捨てた。

「そんな無茶苦茶な……」

思春期が持て余すエネルギーと衝動性。その二つが合体し、反抗期のモンスターを生み出す。

お前があたしの年齢になる頃にはうなぎが絶滅危惧種として流通が規制されているかもしれないんだぞ！　一回の飲み代、三ヶ月分のファンデーションより高いもの。

それがうなぎだ。粗末にするんじゃない。

……と言った所で、無敵の女子高生にそんな未来への脅しが通用するはずもないのだった。

「そもそもですね。今はうなぎの旬じゃないんです。本当の旬は冬なんです」

土用の丑《うし》の日にうなぎを食べようというのは江戸の発明家、平賀源内《ひらがげんない》が作り出したキャッチコピーであり百合の言葉は正しい。

しかし情報が正確なだけで、その発言の意図はイチャモンに他ならない。

「そんな坊主憎けりゃ袈裟《けさ》まで憎いみたいな態度を取らなくても」

「京子さんが可愛がってあげてください。しゃちほこもつけます」

「魚には罪はないよ？」

「それが子どもと大人の違いです。これも一緒に持って行きますね」

これ、と言うのはあたしが玄関に放置している段ボールのことだ。このマンションにはゴミ捨て場がある。部屋に溜めこまないで即出してしまえと言うことらしい。

「普通に冷静じゃん……」

父親が送ってきた品から女の気配がする。猫飼いが猫カフェに行くと他のヤツの匂いがすると言って激怒するらしい。おそらくそれと同じような現象だろう。

百合が段ボールを捨てに行き、うなぎとあたしの二人きり。冷たくあしらわれてしまったうなぎの密閉パックを指でつまみあげる。お気の毒なことだ。

「本当にあたしがおいしくいただいていいのか?」

問いかけにうなぎは答えない。ダメに決まってる。なんとか百合にこれを食べさせてやらねばいかん。

「戻りました」

「食べるよ。うなぎ」

「どうぞ」

「一緒に食べてくれないと気まずくて、飯がまずくなる」

「……はい、いいですよ。別に。うなぎが嫌いではないんです」

百合は脅しに屈した。今夜のメニューはひつまぶしに決定だ。

あたしの存在はイレギュラーだから、もちろん素材は一人分しかない。そこでひつまぶしだ。元々はまかないで出されていたメニューが一般的になったものらしい。

単純に考えると、うなぎの混ぜご飯、もしくは出汁茶漬け。しかし失敗したくはない。真面目に調べることにする。

海苔、ゴマ、ネギ、ワサビ、出汁。材料は揃っている。山椒はなくても構わない。香の物としての柴漬け。あとはお好みで薄焼き卵、とろろなど。

「とろろ？」

なんてスーパーで買ったことがない。普段はせいぜい、蕎麦《そば》屋で山かけうどんを食べるくらいだ。

記憶を辿る。確か、コンビニにとろろがあった気がするのだ。

「ねえ、ちょっとコンビニでとろろ買ってきて……あれ？」

振り向くと百合はいなかった。自分の部屋に戻ったらしい。

窓の鍵はそのままにして、コンビニへひとっ走りしてとろろを買う。二百円せずに、すりおろしたものを手に入れることが出来る。時代の進歩ってすごい。

「どこに行ってたんですか？」

気が付くと、百合は元通りダイニングテーブルに居た。なんと、おかずがなくては淋しかろうと、ナスの揚げ浸しを作っていたのだと言う。カリカリに揚げられた豚肉もついている。すごいなこいつ。

「とろろ買ってた……」

気を取り直して、薄焼き卵を作ってから最終工程に入る。うなぎのおいしい温め方。まず蒲焼きを水洗いする。……水洗いする⁉　衝撃的な単語に一瞬硬直してしまう。しかしその情報は確かなようだった。

さっと洗って、皮目を下にして身の部分に料理酒をふりかける。ふんわりラップをかけて、電子レンジへ。やり過ぎはよくない。ある程度の所で止めて、しばらく蒸らした後、細かく切る。付属のタレと混ぜて……

「あれ、また百合がいない」

そう呟いたところで、百合が自分の部屋から小皿とランチョンマットを抱えて戻ってきた。

何をするのかと思えば、せっせとテーブルコーディネートを始めるではないか。

なんだかんだ言って乗り気じゃん。

どんぶりに白米、その上に細かく切ったうなぎと薄焼き卵を乗せ、とろろと薬味類は小皿に盛り付けて完成。

ランチョンマットで傷だらけのテーブルを覆い隠すと、素晴らしい見栄えになった。けれど食卓でもやはり、百合はむすっとしていた。しかし写真は撮る。おそらく父親に『うなぎをおいしくいただきました』と報告するにあたり、気合いの入った写真を見せつけることによる女子力アピールで再婚相手……相手候補にマウントを取ろうとしているのだろう。

「いただきます」

今までで一番、心をこめてその言葉を発する。なにしろ高級品だ。東京はうなぎ屋が沢山あって、もちろんこの近辺にも歴史ある有名店が存在するが、あたしには縁がない。

「うん、うまい！」

ひつまぶし、文句なし。

いつもよりテンション高めに食の喜びを表現すると、百合も頷く。

「……確かに、味はすごくおいしいです」

そう。魚に罪はないのだ。百合はなんだかんだとすべて平らげた。

残りの食材やお菓子はすべて「手間賃」としてあたしの手元に残された。

……どのみち、食後のテレビ鑑賞の時間におやつとして出すのだけれど。

百合が部屋を去った後、いつの間にか金のしゃちほこは観葉植物の隣に移動していた。

一人と一尾になった部屋で、スマートフォンに通知が入る。あたしはそれを見なかったことにする。

大した用事じゃない。本当に緊急事態だったなら、電話が来るはずだ。

だからこれは向こうが『あたしのことを気に掛けてやっている』というパフォーマンスでしかない。

「アホくさ」

スマートフォンの電源を切る。アホらしいのは、あたしの行動だ。なんだかんだ百合を放っておけないのは、心当たりがあるからで。

……本当はわかっている。斜に構えて損をするのは自分。後回しにして、勝手に不安を募らせて。人生の舵取りが下手なせいで、悪い流れに巻き込まれてしまっていること。それをごまかして生きているから、彼女の背中を押してやる覚悟が出来ないということ。

……あたしは、悪くない。でも、良くもない。

出来ることはそんなにない。でも、もうそろそろ、新しい賭けをしなくてはいけない時が近づいてきているのだとは、思う。

九章

「話を聞いてください……」

『お帰りください』

嬉しい楽しい金曜日。食材以外にも、夏に向けて新発売のジュースとスナック菓子を買い込んで意気揚々とマンションに辿りつくと、オートロックの前で何やらもめ事が起きていた。

全力でドアを目指して直進していたから、その声が耳に入るまではトラブルが発生しているとは夢にも思わなかった。

先の会話を聞く限り、アポなしで訪ねてきた三十代とおぼしき女性と、それを断る部屋の主は没交渉のようだった。

住所を知っているならば連絡先も知っているだろうし、連絡がつかないなら押しかけるしかないと思い詰めた女とご近所に醜態をさらしてでも受け入れる気のない女。

お怖い。痴話喧嘩に違いない。

「えーと……」

目の前の女性がどのようなテンションなのかは不明だが、このままあたしがロックを解除してしまうと、それに便乗して女性が後ろからついてきてしまうのでは？　そうなると警察沙汰に発展する可能性もあるのでは？　なんてことを考えてしまう。

それは大変よろしくない出来事だ――とエントランスに妙な沈黙が訪れる。

「失礼しました。どうぞ」

女性はあたしの顔を見てびくりとして、そのまま身を翻《ひるがえ》して去った。あまり不審者には見えなかったけれど……

おそるおそる鍵を取り出し、後ろに人影がいないのを確認してからエレベーターに乗り込む。見慣れた内廊下も、今夜は不気味に静まりかえっている……気がする。

「……お帰りなさい」

「おわっ!!」

ドアのわずかな隙間から、百合がじっとりとした目でこちらを見つめていた。

チェーンが立ち入り禁止を告げるかのように鈍く光っている。

「な、なんで帰ってきたのがわかったの？」

だって、今日は事前に連絡を入れていないのだ。思わず尋ねると、百合は地の底から響いてくるような低いうなり声を上げ……ぼそぼそ呟くのだった。

一歩近寄り耳をすませると『インターホンの画面にあたしが映っていた』と言っているようだ。

この証言から察するに、先ほどの女性こそが百合の「継母《ままはは》候補」なのだろうとの結論に達する。

「えー、あー、そう。そうなの。大変ね」

なぜ『彼女』はいきなり押しかけてきたのだろう。感情的な女性なのか、それとも百合がなにか返事をしなければいけないことを無視しているのか……

「急ぎの用事があったんじゃないの？」

「ないです」

用事がないのに押しかけてきたらやばい奴だが、経験上百合が感情的になっている時の発言は当てにしてはいけないと、あたしはすでに学習している。

おそらく百合はうなぎの写真を撮ったにもかかわらず、やっぱりそれを父親に報告しなかった上に「例の話」に関してはひたすらに無視し続けているのだろう。

……いや、うなぎを食ったならば仲良くしろよ、とまでは言わないが。

連絡がダメなら物品で百合の心をほぐそうとした。しかし「なしのつぶて」で、いよいよ向こうも我慢の限界。お父さんもお父さんで板挟み、百合は心の準備が出来ていないのに自分のペースを乱されてブチ切れ。

決定的な悪人がいないために、状況はこじれにこじれてしまう。

本当のことを言ったところで状況は好転しないので、いったんその件は保留。

「晩ご飯はどうする？　あたしが作るよ。リクエストはある？」

「肉」

百合は完全にふてくされている。こうなってしまうともうお手上げって感じだ。

「しかたない。とっておきの肉をごちそうしようじゃないの」

あたしには伝家の宝刀「黒毛和牛ひき肉パック四十パーセントオフ」がある。それも手元に二つも、だ。先ほど立ち寄ったスーパーで割引になっていたのだ。黒毛和牛のひき肉は高級すぎて日常では手を出しにくい。おつとめ品だからこそ勇気を出して購入しようと思えるのだ。

そうして手に入れたお高めの肉をどうするのか。「できる限りそのまま食す」が正解だ。

濃い味付けをどうのこうのは安い肉で工夫すべきことなのだ。

ちょっと待ってね、と言ってもやることはさほどない。念入りに手を洗い、パックからひき肉を塊のまま取り出し、塩こしょうをしてフッ素加工のフライパンにぽんとのせて焼く。

そしてその周辺に冷凍フライドポテトを配置する。こうすると、肉の油でいい感じに付け合わせのポテトができあがる。

小鍋に茶碗二杯の水を量り、味噌汁を作る。途中でフライパンに意識を戻し、ハンバーグと言うより肉塊と言った方がふさわしいものをひっくり返し、スライスチーズを二枚のせる。冷凍ブロッコリーをフライパンに追加して、蓋を閉める。

とうとうベランダでたくましく生きている再生ネギ改めフェニックス・ネギの出番がやってきた。ネギをちょきんと伐採し、味噌汁の上に散らす。ああ、人生における創意工夫って感じがする。

お皿にこれまた冷凍しておいたお弁当用のニンジングラッセ、ブロッコリーにフライドポテト。かわいく盛り付けすると、ハンバーグステーキと言い張れないこともない。

これはネットで「簡単なハンバーグ」としてバズっていたものだ。晩ご飯はあっという間、約十五分で完成だ。常にこのぐらいの集中力と行動力を発揮できればあたしもひとかどの人物になれたかもしれないが……今更だな。

換気のために窓を開け、そのついでにベランダから隣室の窓を叩く。

「はーい」

百合の機嫌がよくなったのか、それとも取り繕う心の余裕が出来ただけなのかはわからないが、とにかく不機嫌さはもうもうとした煙のなかに紛れていったようで、声に修羅場の名残はなかった。

「も、もうできあがりですか……？」

いつもと同じピンクのサンダルを履いて現れた百合は目をぱちぱちとさせている。

「簡単だからね」

あっと言う間に出来上がったハンバーグもどきはシンプルな味だが脂を摂りたい、やけ食いしたいと言う欲求を満たしてくれる。

そりゃあ丹誠こめてこねたハンバーグの方がおいしいだろうし、料理としてはあちらさんが大分格上だろうが、人間をやっていれば肉をジャンクに、雑にかっこみたいと思うときもある。

二人の食卓で、食事は無言で進む。

あたしは百合になにかをしてあげたいと思って、こうしてご飯を作り、一緒に食べ、話を聞こうとする。そこからもう一歩先の関係となると、今度はあたしが百合に自分の話をして、百合がそれについてコメントをして、二人でああでもない、こうでもないと意見を擦り合わせていく。

それでなにかが変わらなくても別にいいし、良い方向に変わればそれが一番素敵なことだ。でも、あたしは自分をさらけ出した方がいいのかな、と思いつつも、出来ないままだ。

ずっと、そういう風に、すべてをなあなあにして生きてきた。

——でも、ベランダ修繕の日程は迫ってきている。夏はもうすぐそこだ。

ベランダの仕切りが復活すれば、あたし達の距離は少し、離れるだろう。

けれど危機は、修羅場は日常の延長線上まで近づいてきている。

あたしは百合をそこから救ってあげたい。救ってあげたいと言うのはおこがましいけれど、なにか状況を動かしたいとは思っている。

「べつに、本当に――なにか動きがあったわけじゃないんですよ」

百合がぼそぼそと言いわけを始めたので、あたしは箸を止めた。

――追い返した罪悪感が、百合の中にあるのだろう。

「なにか、お父さんの前で言えないことがあるなら、腹を割って話してほしいって。

ないんですよ、話すこと。でも、それじゃあダメみたい」

結局、彼女にも向こうにも、言いたいことは特にないのだろう。ただ、大人の方が
先延ばししてはいけないと知っているだけだ。

「自分が怖いんです。なにか、二人になると、とんでもなく侮辱的な言葉を投げかけてしまいそうで」

見た目は可憐な女子高生だが、百合の中身はもっと激しい生き物なのだ。いや、少女というものは得てしてそうなのかもしれないが。

「現実を……新しい環境を受け入れるのが怖いのはわかる。向こうも膠着状態をなんとかしよう、臭い物に蓋をするんじゃなくて正面から向き合おうと考えた結果の行動

なんだろうけどね」

あたしの言葉が終わるや否《いな》や、百合はテーブルにばたん、と突っ伏した。

「わー、あー、あー、もう、ホントやだ～」

「お、おちつけ、おちつけ」

百合が人生の関係者に新しい人物をリストアップしたくない気持ちはわかる。お互い愛し合って一緒になろうという話ではないのだから尚更だ。

同僚ならうまくやっていけるけれど、もしこの人があたしの姑《しゅうとめ》や親戚で、距離感が違えばうまくいかないだろうな――と感じることはままある。

「でもあり得なくないですか⁉　……いや、クソガキですよこれ！　自分でも最悪だなって思ってはいるんですよ」

「うーん……まあ、家に来るのは相当ビビったよ……だから家に入れないのは、悪いとは思わない」

どちらの気持ちもわかる……気がするので、なんともコメントに困る。ああ、なんてあたしは決定打に欠ける女なんだ。

「あー、もう、どうしたらいいんだろ」

すべてが解決する魔法の言葉は持っていない。場当たり的に提案できることは一つしかなかった。メンタルを立て直すには、毎度毎度ワンパターンと言われようと、同じことを繰り返すのみだ。つまり食事・運動・そして太陽光。

スマートフォンで確認した明日の天候は、曇り時々晴れ。快晴とは行かなくとも、雨さえ降らなければいい。

「よし。明日は気分転換に出かけよう」

「えー、結構です」

「な、なんで⁉」

いきなり出鼻をくじかれ、あたしは思わず仰け反った。

「だって、ちょっとなにかあると京子さんに愚痴って、色々気を遣ってもらって申しわけないですよ」

「いやそこは気にする所じゃないから……」

なんとか百合と、明日の約束を取り付けることができた。

翌朝、早起きをして、おにぎりを作ってから身支度を整える。

ジュエリーボックスの中にある、いくつかのアクセサリー。

いつもより大きな、キュービックジルコニアのピアスを選び出す。肉眼ですれ違った程度では、天然のダイヤモンドと作り物の石を判別することは難しいだろう。人は本質ではなく、その周辺――金具の精巧さだったり、つけている人間そのものだったりを見て、総合的に判断する。

けれど、じっと手に取って見つめてみればあまりにも透明に澄んだ輝きに、嘘くささを見抜く人も居るだろう。

指でころころと、石をもてあそぶ。

光に向けて傾けると、多面体に施されたカットにより光を反射し、オレンジや青のプリズムを生み出す。

――あたしは今日、賭けをするつもりだ。

心の中で呟いて、ピアスを身につけた。キラキラで武装したあたしは、とっても強そうに見える。本当は弱くたって構わない。

あたしが自分で、自分を錯覚させられれば、それでいいのだから。

「おはようございます」

十一時。時間ぴったり、一分たりとも違わずに百合はインターホンを押した。髪の毛をポニーテールに結わえ、そんなの持っていたのだと思うようなスポーティな帽子をかぶり、ジーンズにスニーカー、リュックという出で立ち。

「今日はどこまで……いえ、お楽しみでいいです」

「そんなに期待しないでね」

電車で都内をわずかに北上する。駅にするとほんの数駅。しかし、荒川を越えたらもう埼玉、ぐらいのギリ東京都。縁もゆかりもない土地だ。東京二十三区と言っても、有名な駅を除けばほとんど地方都市と変わらない町並みが並んでいる。

「ゴルフですか？」

駅にでかでかと掲げられた看板を見てそう思うのも無理はないし、それも悪くはない。

しかし、今日のあたしの目的は違う。

「いや。河川敷の散歩」

「散歩ですか。どこまで？」

「んー……川沿いに南下してみようかなって」

「わかりました」

距離にして数キロ、小旅行とすら言えない距離だ。つまらないプランと言ってしまえばそれまでだが、鬱々とするよりは体を動かした方がいい。

邪魔にならないように遊歩道の端を歩いていると、横をマラソンランナー、その次はかごに犬を乗せた自転車が通り抜けていく。

「……」

あまりにも速度が違いすぎて、なんだか非効率的なことをしている気持ちになってくる。そもそもあたし達の普段の行動自体、人生をゲームと考えると非効率もいいところなので、今更すぎる感想だったけど。

川は雄大でたぷんとしていて、外から眺める限りだと本当は流れが速く、足を踏み入れたが最後、命取りになるのだとはとても思えない。

川沿いをしばらく進んだ先にはまさしくゴルフ場があり、結構な賑わいを見せていた。

その看板を見て、百合が呟く。

「台風の時、この辺まで全部沈没したんでしたよね」

首都圏が大雨に見舞われ、何カ所かの河川が氾濫した。あたしたちがのんびり歩いている河川敷も、すわ氾濫か決壊か、辺り一帯水没かとばかりに携帯電話の緊急アラームがけたたましく鳴り響き、どこそこの何々と言う地名はやばい、地名に水を連想させる土地は理由があるから安いのだ、などと安全圏の人々がここぞとばかりにインターネットで好き勝手なことを書き散らしていた。

「ね。ニュースであの時計のところまで水没ってやってたもんね」

「普段あまり深く考えてないんですけど、都市計画ってすごくうまい具合に出来てますよね」

「確かにそれは言えてるわ……」

かつての東京は、入り組んだ河川が広がる湿地帯だったと聞く。それを干拓し、移動しやすくして、川底を掘り、コンクリートで固め、ダムを造り、氾濫しないようにコントロールしている。

まさに人類の英知と言えるだろう。ついでに河川敷に野球場やグラウンドなどの場所を取る施設を作っておこうだなんて、一見普通に思えることでも、きっと当時は相当頭のいい人が考えた案にちがいなかった。

「私たちのマンションは水害の恐れなし、って防災マップに書いてあったじゃないですか。ハザードマップを見てみると、線路の東と西で全然違いますよね」

「わかる。たまにこういうことに気がつくと、世の中を動かす人ってすごいなーって思うわ」

とりとめのない会話を続けながら、川べりを歩く。

ゴルフ場が終わると、野球のグラウンドが見えてきた。

百合のなにげない視線の先では、少年野球の練習試合が行われている。

子ども達がのびのびとスポーツを出来る場所は限られる。サッカーないし野球をやっていると、送り迎えが大変だと会社で聞いたことがあった。

「親って、子どもの習い事を見ていて楽しいんですかね?」

その言葉にはちょっと恨みがこもっていて、わずかに汗が冷える。

「少なくとも私の親はそうじゃなかったから、人それぞれじゃないかな」

子どもに手間暇をかけるのは一歩間違えると過干渉になるんじゃないか……というのは、少しばかり僻《ひが》みが入っているかもしれない。構われてウザい、っていうのは構われないと発生しない感情だから。

「休憩しようか」

このあたりが潮時だろう。まだ初夏ではあるものの、早めの休憩が大切だ。背中のリュックを下ろす。中から小さな小さな、幼稚園児みたいなレジャーシートと氷が目一杯詰まった水筒、保冷バッグを取り出す。

あたりの草は短く刈り込まれている。やはりここも、知り得ないところで行政の手が入っているのだろう。ということは使わにゃ損なのだと、シートを敷いて河川敷に陣取る。

「とりあえずおにぎりを持ってきたよ。シャケと、梅干しと、ツナマヨと……」

「北海道の人って本当に鮭のことシャケって言うんですね」

方言を指摘されて、ちょっと恥ずかしくなる。

「だって、『サケ』より『シャケ』のほうが言いやすいじゃない」

若干ひんやりしたおにぎりを並んで食べる。あたし達は、端から見ると野球を見学している人に見えるだろう。

「いい風ですね」

「そうねー……。まあ、色々あるけど。たまに体を動かすとすっきりするでしょ？」

百合は軽く深呼吸をした。空気がきれいかどうかは定かではないが、少なくとも駅前よりは大分マシだろう。

「私、面倒くさいですよね。ガキだってわかってはいるんです。わかっては……ええ」

百合はあんまり悪いと思っていなそうな口調のまま、むしゃむしゃとおにぎりを頬張り、包んでいたアルミホイルをぎゅうぎゅうの小さな玉にしてしまった。

「……どうすれば大人になれるんでしょう？」

銀色の玉になったアルミホイルを手の平で転がしながら、百合が言った。

「申しわけないけれど、そんなものだよ。むしろ、時が経ってもそのままだと思った方がいいよ」

子どもの頃に想像した、高校生、大学生、そして社会人のあたしはもっと大人びていて、勝手にそのように進化すると思い込んでいた。

しかし精神の成長というものは非常にゆっくりで……というより「大人の対応」は意識して身につけるスキルであったのだ、残念なことに。

「じゃあ、私、このままってことですか？」

「多分。あたし、自分でもびっくりするぐらい大人じゃないなって思う時あるもの」

「えー。京子さんは大人じゃないですか？」

「違うねー」

あたしはちゃらんぽらんだが、外見上はしっかりした人に見えるらしい。全くそんなことはなくて、まともなわけではなく、ただ冷めているだけなのだが。

「だって、雰囲気がすごく悟ってますよ。大学で哲学でも専攻してたのかなって思うぐらい」

「それさー、なんでかわからないけどよく言われるんだよね」

「誰から見てもそうってことですね」

つまり。あたしがうまく偽装できているつもりになっているだけで、結局は違和感を隠し切れていない。

水を飲んだばかりなのに乾いたような気がする唇を舐めて、あたしは口を開いた。

「悟っているように見えるのは……あたしは……あたしも、かつては『再婚相手の連れ子』の立場だったからかな」

ゆっくりと、考えていた言葉を口に出しはじめると、まるで時が止まってしまったかのようだった。

十章

物心ついた頃のあたしに、父親という概念はなかった。

かといって、父親の居る家庭がうらやましいとも思わず、ただ日々を過ごしていた。

小学校に入る前、その生活に変化が訪れる。男性が家にやってきたのだ。

いいも悪いもなく、あたしはそれを受け入れなければいけないと思った。『パパ』ではないことは百も承知なのだが、相手が親切にしてくるのだから反抗する理由は全くなかった。

そうすれば大人が喜ぶから。あたしはそれだけの理由で、パパではない人をパパと呼ぶことにした。

そうしてあたしの名字は諏訪部に変わり、郊外の一戸建てに住む「完全に幸せな小学生」の身分を手に入れた。ほどほどに怒られ、ほどほどに褒められ、弟妹が生まれても差別されることなく育った。

今の言葉で表現するならばステップファミリー。悲劇的なことは何一つ起きず、むしろとても良い形の、一発大逆転とすら言える成功だろう。

だって、養育費を払わないどころか会いにすら来ない父親から、初婚なのに子持ちと再婚してくれる稼ぎのいい再婚相手が養父になってくれたのだ。それはとてもありがたいことだ。

しかし母の再婚相手は再婚相手であって、あたしの父ではなかった。

いつも心の隅に自分はなにかのおまけで、別に望まれているわけではなく、最初からそこに居ただけだから一緒に居るだけ、という感覚があった。

部活は休めないし行き先に興味がないからと言って、多忙な合間を縫って計画された家族旅行で一人だけ留守番をした。あまりやるとあからさまなので、家族連れで参加する会社のイベントなどには出席した。

母から「パパが『京子はこういうのに来たがらないと思っていたからほっとした』と言っていた」と聞かされ、気にしているのはあたしだけかもしれないと抱いていた希望的観測は崩れた。

しかし、それなりには平穏だった。

その生活に若干の陰りが見えはじめたのは、あたしが社会人になって数年が経った頃。

「……まあ、話は簡単でさ。再婚して新しく子どもが生まれると、長女長男ってのは結婚ごとのカウントで。だから戸籍上『長女』の妹が、パスポートを取得したときに戸籍を見て『なんで自分の続柄が長女?』って気が付いちゃって」

事情を説明した時、妹は何気なく『お姉ちゃんって本当のお姉ちゃんじゃなかったんだ』と言った。

父親が同じ兄は兄だが、血が半分の姉は正確には姉ではない。

彼女はそういう風に判断したのだ。

私には両親を同じとするきょうだいが居ない。妹は「妹」でありそこに本物も偽物もなかった。

しかし彼女にとっては――「持つ者」である妹にとっては、そうではなかった。

歳の差や、義祖母や養父との距離感で薄々気がついているのではないか、大人の誰かがこっそり教えた後なのではないかと思っていた。

けれど、妹は自分の家族は普通すぎるほどで、そんな事情があるなんて考えもしなかったと言ったのだ。

どうやったらこの違和感に気が付かず、そんなことを思えるのか。

本気で信じられなかった。

あたしと他の人達は同じ空間に居たにもかかわらず、まったく別の空気の中で暮らしていたのだ。

『あいつは知っているんじゃないかな』

『絶対わかってないよ。そんな話したことないもん。隠しておいた方がいいよ。かわいそうだもん』

妹は、弟がこの話を聞いたらショックを受けるから隠し通せと言った。

かわいそう――ああ、あたしの存在って「かわいそう」を構成する要素なんだ。

そう思った。

明確な拒絶ではなかったし、強烈なショックを受けたわけではなかった。母親に「こんなことを言われたよ」と愚痴ることもしなかった。

でも、その日から家族の全員と、なんとなく疎遠になった。見て見ぬフリを続けていた歪みに、あたしは直面してしまったのだ。別に誰が悪いわけでもない。強いて言うならば、あたしの性根がよろしくなかった。

すでに家を出ていたし、親戚づきあいも少なく、盆や年末年始に帰省する習慣もなかった。そうして、今の一人暮らしのあたしが出来上がった。

途切れ途切れに話を続け、不意にあたしの口は動きを止めた。

百合は何も言わない。彼女の表情はうかがい知れないが、多分がっかりしているだろう。新しい関係を築いて大人になったかと思いきや、類は友を呼ぶ、もしくは傷のなめ合い。

つまりはそういった負のオーラを持つ者同士が引き合ってしまっただけなのだから。

「だからいつも、何となくだけれど百合の考えていることがわかった。大人だからじゃない。あたしも子どもの立場だから。本当のことを言って、がっかりされたくなかった」

罪悪感を覚えない程度の、細かい嘘の積み重ね。あたしはこれからもそれを続けていくだろう。

なりたい自分に見せかけるために見栄を張って取り繕うことを、止めるつもりはみじんもない。

でも、彼女には生半可なことは言いたくなかった。だからあたしは今日、洗いざらいすべてを話してしまうことに決めたのだ。

大人のメッキが剥がれた情けないあたしにがっかりするかもしれない。けれど、実感のこもった言葉で、今、百合に語りかけることが出来るのは自分しかいない。

「ここから本題ね。あたしはね、トータルでは賭けに勝ったんだと思う」

「……賭け?」

「あの時、思いっきり反対したら。人生は今と全く違ったものになっていた。住むところも、学校も。そして、きょうだいも居なかった」

百合はかすかに、息を呑んだ。

「何も起きないなら、さっき話したようなショックを受けることはなかった。でもその代わり、受け入れたことによって得たものすべてがなくなる。全部が全部成功じゃないけど、あたしはこうしてピンピンしてるし、言葉には出せていないけれど……家族に感謝もしている。だから環境の変化を受け入れたことを後悔していない。過去に戻れたとしても、同じ道を選ぶよ」

「京子さん……」

「あたしの状況とは、違う。多分、つらい気持ち、わかってあげられてない。それでもね、あたしとしてはお父さんとその人にチャンスをあげてほしいと思う。やってみないことには、いいも悪いもわからないから」

人生は賭けの連続だ。よりよい人生を手に入れるためには、選択をしなければいけない。

受験、就職、恋愛、結婚、出産。大多数が進むルートを外れたとしても、人は必ずなにかを選び続けて生きていく、正しい答えがわからないとしても。

「挑戦しない方が後悔するってよく言うでしょ。あれ、本当だと思う。でもそれを自分の話をしない状態で言うのは嘘くさいじゃん。以上。おわり」

百合はうつむき、ぶちぶちとシートの縁に生えているたんぽぽの綿毛をむしった。

強く息を吹きかけると、風に乗って種が飛んでいく。

綿毛が見えなくなってからようやく、百合は言葉を絞り出した。

「賭け……ですか……やっぱり、京子さんって大人ですね」

「干支《えと》ひとまわり分だけね。百合だって、十六歳と四歳じゃ全然違うでしょ」

そういうのじゃありませんよ。と冗談めかした返事があり、百合は立ち上がる。まるで、あたしの告白がなかったかのように、いつも通りに。

「そろそろ歩き始めないと夕方になっちゃいますね」

「それなんだけどさー……疲れたからタクシー乗って戻らない？」

「まあ、さすがに飽きてきましたよね……どうせなら、この後行きたいところがあるんですが」

まさかこの状態で六本木のクラブに行きたいなんてことはないだろう。カラオケで絶叫でもしたいのかと尋ねると、意外な答えが返ってきた。

「温泉とか、どうでしょう？」

この近辺には、都会には珍しく天然温泉の施設がある。なかなかに評判が良いらしく、都内の温泉施設特集では必ずピックアップされている。

たまには行ってみようかな、と考えはするものの、風呂上がりのすっぴんで電車に乗るのも気が引けるし、かと言って週末はとても混んでいるだろうしで、なかなか訪れる機会がない場所だ。

温泉に浸かりたいという願望は、温泉の素で半身浴などするといったんは収まってしまう。

しかし今回は、運動したノリでそのまま温泉に入ろうということだ。

「友人同士で温泉に行く」のはなかなかハードルが高いと思う。相手が「同性の前で裸になるのに抵抗があるかどうか？」と確認する術《すべ》があまりないからだ。大人になってからは、尚更。

ほんのわずか躊躇《ためら》うあたしに、百合が微笑んだ。

「私、ああいう温泉施設って行った記憶がないので」

小学生の娘と父二人暮らしとなれば、わざわざ浴場が別になる温泉に行こうとは思わないだろう。

「いいよ、行こうか」

あたしたちは二人そろってここから離れて、未踏の地に旅立つことにした。

「わ、なんだかしっとりとしていますね」

温泉施設は和風のテイストで、入り口にちょっとした日本庭園と池。白い砂利を敷き詰めた小道の先にあるエントランスは高級感のある佇まい。

それでいて、入館料はレジャーとしては良心的と言えるお値段。

北海道の温泉は数百円なのだが、それは百合には言わないでおこう。

あたしも、そして百合も情けない話をしすぎたせいか、一周回って開き直ってしまって、特に恥ずかしいとかそういう感情もなく、浴場へ乗り込んだ。

中にはぬるめの浴槽とジェットバス。この手の施設にありがちな壷のお風呂がないのが少し残念だ。

サウナ、水風呂。普段はコンタクトをしているので、あたしはサウナに入る習慣はない。

備え付けのアメニティで汗を流したあと、お湯に浸かる。洗い場に対して浴槽のサイズが小さい気がする。このあとのピークタイムはどうなってしまうのだろうと少し疑問だ。

百合は興味深げに、壁に掛けられた温泉の説明を読んでいる。

逆に温度が低い方が脱水になりやすくて危ないらしい、と教えてくれた。

「ちょっとサウナに入ってみます」

百合はサウナに挑戦するようだ。彼女を見送って、ちょうど一人分空きが出たのでジェットバスに滑り込む。

温泉の素は買えてもマンションではジェットバスが出来ない。水流のマッサージ効果で少しでも疲労を軽減させないと、日曜日が悲惨なことになりかねない。

百合は意気揚々とサウナマットを持って新世界へ突入した……が、寂しさを感じる暇もなく彼女は数分で戻ってきた。

ムキになって長時間入りそうだと思っていたので、意外な展開だった。

「あっついです。しかも混んでました」

そりゃそうだ。百合は水風呂のところに行き、手おけでちょびちょび足に水をかけた。

「どばっと入っちゃえばいいじゃん」

「心臓が止まりそうで嫌です」

その気持ちは理解できる。あたしはコンタクト以前に、水風呂が怖いからサウナに入らないのだ。

「意外と平気よぉ」と後からやってきたおばちゃんがザブザブと水風呂に沈んでいく。入ってしまえばそんなことないのよ、ともう一回ダメ押しされ、百合はおそるおそる水に足を入れた。

「う、う、ううう……」

「おっ、いけそうじゃん？」

チラリと視界の端に入った水温計は十八度を指している。そう聞くと確かにそこまで冷たくないのかも？　と思ってしまう。

そのままじりじりと体は水に沈んでゆき、百合はなんとか水風呂に首まで浸かる事に成功したのだった。

「どう？」

「意外と、まあ、確かに……入ってしまえば、平気と言えば平気ですかね。うーん。でも……」

微妙なコメントだった。多分、体が温まりきっていないのでさほど爽快感もないのだろう。

まあ、女子高生がサウナに入っておじさんみたいに「整うわー」と言っていたらそれはそれで奇妙な光景ではあるが。

この施設最大のセールスポイントはなんと言っても露天風呂だ。

竹の囲いがあり、樹木があり、岩風呂や櫓《やぐら》風呂がある。

茶色い温泉は少しばかり目にしみる。それはつまり何らかの有効成分がふんだんに含まれていることに他ならない。ここぞとばかりに首まで浸かる。湯治《とうじ》……とまではいかないが、汗と一緒によどんだ感情が流れていってしまえばいいと思う。

「温泉旅館ってこんな感じなんですかねぇ」

「かもしれない」

……この二十四時間、本当に色々なことがあったはずなのに、随分と世界は静かだ。ぴぴぴ、と鳥の鳴き声がする。

木があるからおかしくはないのだが、もしかしてBGMなのだろうか。いや、考えすぎか。

風呂上がりに牛乳でも飲もうかと自販機に近寄ると、一足先に身支度を終えていた百合が驚愕、と言いたげな表情で振り向いた。

「大変ですよ京子さん。フルーツ牛乳って、リンゴ果汁しか入ってないらしいですよ」

「マジ?」

予想外の展開。この世に生まれ落ちてからずっと、ミカンやバナナ、パイナップルなどの果汁が入ってあの味なのだと信じていた。まあ、実態がなんであれフルーツと牛乳であることには変わりがないのだけど。

驚きを引きずったままお食事処へ向かう。こちらも窓から庭園が見え、テーブルの境目にはすだれがかかっており、フードコートとは一線を画す高級感があった。

「さて、何を食べましょうかね」

メニューをざっと見たところ、和食もしくは酒のつまみになりそうなものが多いようだった。

「オムライス……」

百合はふわとろ系卵のデミグラスソースがかかったオムライスに目をとめた。

「いやいや。やっぱり、こういう時は普段食べないものだよ」

あたしが注目したのは、特製松花堂《しょうかどう》弁当だ。刺身、天ぷら、蕎麦《そば》、茶碗蒸し。ご飯に味噌汁、煮物、デザート。家では絶対に出てこない類のメニューだ。

「いいですね。ところで……ショーカドウ、ってどういう意味なんですかね?」

聞かれてもわからない。松竹梅、の仲間かなにかと思いスマートフォンで調べると「松花堂」さんと言う画家が絵具箱としてこの仕切りのある箱を使っていた。

そしてそれをとある料亭の料理人が料理の盛り付けに改良して、このお弁当の形式が生まれたそうだ。仕切りがあるとおかずとおかずが混ざらなくていいよね、とのことでバカ受けし、瞬く間に普及した。簡単に説明するとそのような話だった。

それを注文し、しばし待つ。

思ったよりも早く松花堂弁当が我々の前に運ばれてきた。

「……さっきの話なんですけど」

「うん？」

分厚いマグロの刺身に気を取られていると、百合が不意に口を開いた。

「ご家族とは今はどのように？」

「うーん、どうもしてないというのが正しい」

絶縁はしていないが、ここ数年、全く北海道には帰っていない。大型連休の時期は飛行機が高いからもったいない——と言うのが、あたしの言いわけだ。知ってか知らずか、それを薄情と咎めるような人達でもないのだ。

「……いいんですか？」

あんたがそれを言うか？　言うんだよなぁ。本人にとっては重大事件でも、この通り他者から見ると「なんでそうなった？」としか感想が出てこなかったりするものだ。

「ね、これ見て」

スマートフォンのロックを外し、百合の手元に滑らせる。メッセージアプリの画面が表示されているはずだ。

「これ、誰のアカウントですか？」

「妹。ね、なんて書いてある？」

「……今度、東京に遊びに行っていい？　って」

「そっかー。なるほどな」

やっぱり驚くほどに、大したことじゃなかった。あたしはずっと、それに怯えていたのだった。

「これ数日前ですよ」

「うん、そうね」

いいよ、とだけ返信して、スマートフォンは百合の前に放置する。

「や、画面、開きっぱですよ」

「見せてんの。よそのご家庭の事情をね」

「なんか、むずむずしますねぇ……」

百合は画面を見つめて、顔をしかめた。そうでしょう、そうでしょう。人がもだもだ、うだうだしているのを目の当《ま》たりにするのは、どうしたらいいのかわからなくてそわそわするのだ。

あたしはその間、海老の天ぷらを食べる。

「わっ、既読になってすぐ返信が来たんですけど！　ディズニーランドに行きたいんだよね、ですって」

「いいよって返事して」

「一緒に行くんですか？」

「いや。これはね、ただ泊まりたいってだけだから。ホテルは高いからね」

夜のテンションで家族についての話の続きがあったら嫌だな。ぐらいの気持ちで、あたしはずっと誰とも顔を合わせるのを断っていたのだった。

「なんでずっと放置してたんですか？　こんな連絡が来るなら、疎遠とは言えませんよ」

そりゃあ、あたしも似たような気持ちだからだよ、お嬢さん。

「こーゆーことだから、こちらとしても既読無視に対して、強くは言えなかったわけよ。自分が出来ていないから、なかなか、ね」

「そーゆーことですか」

「そうなのよ」

蕎麦《そば》をすする。昔は断然うどん派だったのだが、最近は蕎麦《そば》もいいじゃないかと感じるようになってきた。……年齢を重ねたせいだろうか？

多分あたしは……あたしも、きっと、あの時、怒っていたのだ。

自分が最初から居たはずの場所に、後から色々な人がやって来て、押し出されて居場所を取られたような気持ちになっていたこと。

自分が存在するだけで、マイナスの影響を及ぼしているかのような被害妄想にとらわれていること。

その後、歩みよらず自分から距離を置いたこと。そして、それによって自己嫌悪に陥ること。

あたしは周りの環境ではなくて、自分自身の幼さに憤《いきどお》っていたのだ。

そして今、時が過ぎて初めて、それは良くない思考だった、と冷静に振り返ることができる。……そうして、彼女に、人生の先輩として伝えることがある。

「あたしたちは、物事を悪いほう、悪いほうに考えすぎていて」

百合は箸を止めて、じっとあたしを見つめた。

「それは性格だから、もうどうしようもないんだけど。一人で溜め込んでぐるぐるするぐらいなら、思い切って喋っちゃった方がいいと思う。始まりはなんでもよくて、ご飯の話とか、かわいい猫を見かけたとか、そういう簡単なことでもいいから、話をするべきなの」

さもないと、あたしみたいに、ちょっと情けない感じになりますから。

さすがにそこまでは言えなくて、照れ隠しに髪の毛をかきあげて、大げさな笑顔を作る。

「……し、シリアスな空気になっちゃったけど、あたしは本気で前向きに検討したほうがいいと思ってはいるんだよ。本当。これは本当。マジでさ」

黙ってあたしを見つめる百合の瞳は、黒曜石みたいに硬質な光を放っていて、なよなよ、へにゃへにゃしている自分がすごく恥ずかしくなった。ほうじ茶と水はセルフサービスだからさぁ……とテーブルに手をついて立ち上がると、百合は素っ頓狂な声を上げた。

「きょ……京子さん！　大変です！」

「え、何」

料理に虫でも入っていたのだろうか？　しかし、百合の指はまっすぐあたしを指さしている。

「耳のピアス、ないですよ！」

「え？　あ？　ホントだ」

指し示された方の耳たぶを触ってみると、確かに朝つけたはずのピアスが片方ない。

正確には、フックの部分だけが残されていた。

「お風呂の時ですかね？　探しましょう」

「いや、いいよ」

百合は透明な石のことをダイヤモンドだと思っているかもしれないが、素材はキュービックジルコニアだ。

立派な大人に見えるように、キラキラを上からトッピングして虚構の姿を作っていたにすぎない。

おそらく、今日、ジルコニアはその役目を——作られたイメージを補助する仕事を終えたのだろう。スピリチュアルな趣味は全くないが、そんな気持ちだった。第一、どこでなくしたのかさっぱりわからない。今頃どこかのカラスにでも拾われているだろう。

「高くないんですか？」

「いや、それほどでも。四千円ぐらいだと思う」

「結構高いじゃないですかー！」

「まあ、確かに。でも、ピアスってなくなるものだから。この別れ方は予想外だったけど」

すべての事柄には別れがつきものだし、ある程度のことは後からでもカバーできると知っている。

十一章

改札を出ると雨はざんざん降りだった。

天気予報の通りだ。このために今日はナイロンのバッグに、レインシューズを履いて出社したのでぬかりはない。

北海道には梅雨《つゆ》がないと言われている。故郷を出て数年が経つが、確かに言われてみればそうだったかもしれない、と感じるぐらいだ。

何しろ、東京の気候といえば夏の暑さと冬に雪が降らない、台風が来る、のインパクトが強すぎて、梅雨《つゆ》があるかないかはささやかな問題にしか過ぎない。

駅直結のスーパーで買い物を終え、折りたたみ傘をさしながら足早に帰宅の途についていると、数十メートル先に見慣れた制服が見え隠れする。

かといって、後ろ姿だけでは百合本人とは断定できない。うっかり声をかけて他人だったならば、気まずいことこの上ない。

適度な距離を保つためにのろのろと歩いていると、不意に風の勢いが強まった。

——あ、まずい。

慌てて傘を斜め前に傾け、向かい風の直撃を受けないようにする。紺色の傘に遮られた視界の向こうで、「あーもうっ」と苛立った声が聞こえた。

これはもう、勘違いはあり得ない。

「最悪……」

「百合」

「え？　京子さん⁉」

気まぐれな風にビニール傘を完膚なきまでに破壊されていたのは、やはり隣人の女子高生であった。

「最悪です！　この傘、七百円もしたのに……」

「お気に入りの傘じゃなくてよかったと思うしかないね」

骨の部分が完全に折れ曲がってしまい、もう復活は望めないだろう。マンションはもうすぐそこなので、いわゆる相合い傘で帰宅する。

「ローファーがびしょびしょになりました」

「サーキュレーターを使うとすぐに乾くよ」

あたしの部屋にある小さなサーキュレーターは、年がら年中二十四時間稼働して部屋の空気をかき混ぜている……はずだ。

「あれ、やっぱり便利なんですか？　冷暖房の効率が上がるらしいですけど……」

「効果は不明」

空気の流れなんて目に見えるものではないし、運転を止めるタイミングもないので正直に申し上げて効果のほどはわからない。しかし風を発生させているのは紛れもない事実であり、小さな洗濯物を乾かす時には重宝している。

「今日の晩ご飯はあたしに任せておきなよ」

部屋からサーキュレーターを運び出し、百合に貸し出すついでに今夜のメニューについて話し合う。

「この前買った本のレシピに挑戦するからさ」

「なにか本を買ったんですか？」

百合の脳内では一緒に本屋に行ったことは完全に忘却の彼方らしい。

今日のメニューは鶏肉のマスタードソース。

フライパン一つで出来るフレンチ、という宣伝文句に惹かれて購入したはいいものの、中身はやはり知らない単語のオンパレードで、道具がフライパンなだけでどこにも簡単とかお手軽とは書いていないのだ。ぱらぱらとページをめくって、オマール海老が突然現れた時にはひっくり返りそうになってしまった。

その中で、ぎりぎり実践的だと思えたのがこのレシピだ。ちょうど、気まぐれで購入して持て余しているマスタードがあったことも幸いだった。

ブックスタンドに本を開いてキッチンにセットする。

いつもは適当に料理しているあたしではあるが、せっかく本を購入したのだからそっくりそのまま再現してみよう、というわけだ。

レシピの一行目。鶏もも肉の筋を切ります。と素っ気なく書いてある。

……はて。今まで鶏肉に対してそんなことをした覚えがない。おそらく筋だろう箇所のことはわかる。確かにファミレスでアルバイトをしていた頃は、肉が丸まってしまうのを防ぐために、豚肉の脂身の部分に切り込みを入れていた。

調べてみると、やはり肉が縮まるのを防ぎ、ふっくらと仕上がる効果がある。

しかし日本のスーパーでは大概は処理されているらしく、これはフランスの習慣に忠実なレシピなだけであって、そこまで忠実にことを進める必要はなさそうだった。

肉の表面に切り込みを入れ、何本か出ている筋を切り取る。塩こしょうをすり込み、皮目から焼き始める。中火で動かさずにじっくり焼くことがポイントらしい。

あー、なんかビストロで調べたような気もする。

ひっくり返し、フライパンの隙間に大きめのくし切りにしたタマネギ、トマト、輪切りにしたニンジンなどを追加して一緒に焼いていく。

キッチンの小窓がとんとん、と叩かれる。ガラスの向こうの人影は百合だろう。もし違ったらものすごく怖い。

「ローズマリーがありますよ！」

彼女の中で、おしゃれなフランス料理と言えばハーブ。ハーブと言えばローズマリーなのだろう。そういえばキッチンにいつの間にか苗が置いてあったな……と思い返す。

「じゃあ、せっかくだから使ってみるわ」

レシピには書いていないのだが、想定される仕上がりから考えて、ローズマリーを追加したところで恐るべきマイナス要素にはならないだろう。

小窓の隙間から切り取られたローズマリーの枝を二本受け取り、軽く水洗いをしてフライパンに投入する。途端に、ハーブソルトとは比較にならないほどの濃厚な香りがキッチンに充満する。

「うわ、めっちゃおしゃれになった……」

あたしの独り言は、煙に巻かれて消えていった。

肉が焼けたところで、いったん皿に移す。染み出た油がもったいないと思うのだが、ソースを作るときに油が跳ねてしまうので拭き取ってください、と書かれている。

ソースの材料は白ワインを百ミリリットル煮詰めて、そこに粒マスタードを小さじ一溶かす。

「えっ、これだけ?」

すでに塩こしょうはしてあるものの、ソースの材料が二つしかないのは不安だ。しかし、本に載っているレシピなのだからこれでなんとかなるに違いない。

ぐつぐつと煮込んでいくと、薄い半透明のマスタードソースが出来上がる。自分としてはソースの色は濃ければ濃いほど料理っぽいと感じるから、非常に頼りない、というか不安な気分になってしまう。皿にあけた肉から染み出た油をソースに混ぜ、肉に回しかける。

見た目はあっさりとしているが、爽《さわ》やかな香りは十分に食欲をそそる。トースターで軽くパンを温め、ついでに冷凍のカットレモンを沈めた水差しなどもセッティングして、百合を呼び出す。

「いただきます」

「いただきます」

ハーブやワインの力なのか、臭みはなくさっぱりとした味わいだ。不思議なことに、野菜の方が甘さや酸味を強く感じる仕上がりになっている。

「確かに違う国の料理って感じがしますね」

「そうね」

油でカラカラになるまで揚げたローズマリーを噛むと肉の油っぽさが中和される。お酒は飲めないが、確かにワインがあったらすばらしく合うのかもしれないと思った。動かさずにじっくりと焼いたおかげで皮の表面はパリパリで、元々のもも肉の柔らかさを引き立てている。ただ漫然とチキンソテーを作るより良い仕上がりなのは間違いなかった。

食後にふとスマートフォンを確認すると、妹からメッセージが届いていた。今までとは違いすぐに返信をする。

先延ばしせず、一歩踏み出せば、事態は簡単に進むのだ。

「そういえば、なんですが。今度、話し合いの場を持つことになりました」

そして、それは百合も同じらしい。

「うん。がんばれ」

適当に聞こえがちな返答だが、あたしにはそれしか言うべきことはない。

単純に考えれば再婚を応援はするがある程度距離を置くつもり、とか新しい家族が出来たとしても自分（この場合は百合だが）の面倒をきちんと見ること、と改めて約束させるぐらいしか話すことはない。

決して虚を衝《つ》かれて反射的に返事しただけだとか、そういうことではないのだ。

「それで、日曜。明後日ですが。二人が来ます」

「ここに⁉」

百合は静かに頷いた。急だなあとは思うものの、なんでも早いにこしたことはなかった。

「とりあえず無視していても始まらないので。まずは一緒にご飯でも食べようかと」

「それはいいことだと思うけれど……先にお父さんと作戦会議というか……内容の擦り合わせは？」

ぶっつけ本番で全員集合と言われると意図しないところで百合の感情のスイッチが押されてしまわないかどうかが心配だ。

「そこはもう、口裏合わせなしの一発勝負で行こうと思ってます」

百合は腰に手を当て、胸を張るしぐさをした。やる気は十分……と言った所だろうか。

百合は強くなった。不満を溜め込むだけの生活から、殻を破って前に進もうとしている。

「マジかい」

「はい。これ、実は今日の昼に決まったことなんです。昨日の夜に連絡をしたら、とんとん拍子に話が進んで」

「展開速いな……」

散々頑張れや挑戦しろなど言っておいて、いざ行動を起こした人を見ると怖《お》じ気づいてしまうあたしはなんて小さい人間なのだろう、と自分にうんざりしてしまう。

「あたしもさー……家族からの連絡にはすぐ返信することにしてるよ。この前からだけど。……ここが頑張りどころだよね、お互い」

大分スケールが小さいが、自分も一応行動しているのだと示すと、百合は右手を差し出してきたので、握り返す。テーブルの上で固く握手する女同士。なんと表現したものか。これも遅く来た青春の一ページなのだろうか。

「それで。京子さんにお願いがあるんですが」

「なに？」

「まず一つ。話し合いの場に同席してくれません？」

「いやいやいや、無理でしょ。何言ってんの」

家族会議の場に隣の住人が乱入する。間違いなく大惨事だ。女子高生に集《たか》らないように金銭的にバランスをとっていたつもりではあるが、この交友関係が親御さんにおおっぴらになるのは避けたい。

「駄目なら、ベランダで様子を窺っていてほしいんです。私が暴れるかもしれないので……」

「あ……暴れる？」

お上品な見た目からは想像もつかないが、確かに百合は激情家なのだ。もし彼女が演劇部であったなら『風と共に去りぬ』のスカーレット・オハラなんてぴったりだろう……というのはさておき。

「暴れる予定、あるの？」

「ないですが。感情的にならない自信がないので。でも、そういう姿を見られたくないっ！　って思って踏みとどまることが出来るかもしれないじゃないですか」

「うーん、わかったよ。ベランダならいいよ」

「ありがとうございます！」

もしかして、あたしは先に無理難題をふっかけてから本題を切り出すと言う交渉術にはまってしまったのだろうか。まあいいや。彼女はまず一つ、と言った。二つ目はなんなのだろう。

「あと……冷凍庫を貸してください」

つまるところ、氷を分けてくれということだった。あたしの冷凍庫には製氷機能がついているが、彼女のものにはない。足りなくなった時に慌てて頼むよりは先に伝えておこうと考えたのだろう。

「それだけでいいの？」

「あ、出来れば電気ポットもお借りしたいです」

いいよ、と二つ返事で返す。あたしはずっと、彼女が何を作るのか、その詳細を事細かに説明するのを聞いていた。彼女がまとめたい考えはそれじゃないことぐらいは、わかっているつもりだ。

何事もなく時は過ぎ、今は土曜日の深夜。明けて日曜日と表現すべきか。

あたしは今ラーメンを作っている。一昨日はフレンチを作ったのに、だ。

どうしておしゃれな生活に憧れているのに、相反するような行動を取ってしまうのだろう。目的に向けて脇目も振らずに行動する。それはこんなにも難しい。

いくら単独行動に慣れているとはいえ、女一人でラーメン屋は焼き肉や旅行よりハードルが高い。もっぱらラーメンと言えば袋麺だ。昨今のインスタントラーメンは非常に進化している。

味噌ラーメンの具材は乾燥わかめ、海苔、冷凍しておいたニンジン、ネギ。なぜかいつも買ってしまうモヤシ。

ふつふつと音を立てる鍋を眺めていると、ベランダから物音がした。風でも不審者でも小動物でもない。無害な女子高生だ。

「眠れないの？」

窓を開けると、ベランダに百合が佇んでいた。

「そうですねー……ちょっと、考え事をしていて」

一睡もできない、まではない。しかし安らかに明日への希望を持って健やかな眠りにつく……わけでもない。

ただただ焦りとともに、時間が過ぎてゆく。これより無為な時間の消費方法もあまりないだろう。

「今ラーメン作ってた。半分食べる？」

「食べます」

一人前を平らげることは出来るが、なにかを口に入れたいのであって腹ぺこというわけではない。カロリーカットの観点から見てもいいことだ。

「味噌バターコーンラーメンですかぁ……いいですね」

唐突な百合の言葉に、返事ができなかった。

『北海道のラーメンと言えば、バターコーン！』

食文化に対するイメージの固定とは恐ろしいものだ。あたしは食べたことがない。多分他の道民もそんなに食べていないとは思う。

しかし少女の夢を壊すのも忍びない。やったことはないが、名物として成立しているのだ。おいしくないわけがない。

「あった、あった」

食品カゴの中にはコーン缶。あまり利用頻度は高くないのだが、一応ストックしてはいる。

……今までやったことのない、味噌バターコーンラーメン、やっちゃうか～？

いや、最近は挑戦ブームが来ているからね、あたしの中で。このノリで進んでしまおう。あたしの中にも見知らぬ大地へ挑戦したご先祖様から受けついだフロンティアスピリットがあるらしい。

蓋を開け、水を切る。まるまる一缶は多い。半分は残しておいて明日スープにでも入れよう。

小さなどんぶりにラーメンを二等分した後、スプーンでコーンを盛り付ける。そうしてさらに、バターを一かけ。

「……理論上はこれで合ってるはず」

味噌バターコーンラーメンの完成だ。

食事のためにわざわざダイニングの電気をつけるほどでもなく、キッチンの頼りない蛍光灯の明かりだけでも十分だった。

ずるずるとラーメンをすする音だけが薄暗い室内に響く。遠くで、線路工事の音が聞こえた。

「はー、おいしっ」

百合は味噌バターコーンラーメンに満足しているようだ。次は塩ラーメンとホタテの缶詰でホタテラーメンでも作ってみようかなと思う。

「知ってる？　実はラーメンって室町時代からあったらしい」

「初めて食べたのが水戸光圀《みとみつくに》って話じゃなかったですか？」

「今の新説は違うらしい。まあ、五百年以上も前の麺類が今と近いかどうかは知らないけど」

「へー。……京子さんってやっぱり物知りですよね」

「こういう薄っぺらいのは物知りとは言わないと思う」

「やー、着眼点が違いますよ」

女子高生とまんま視点が一緒だったらそれはそれで怖いのだが、とりあえずは褒め言葉として受け取っておく。ネガティブ思考で良いことは一つもないのだ。

「……子どもの頃。昔は動画サイトとかなかったからさ」

母子……父子家庭もそうだが、どうしても子どもだけで夜を過ごさなくてはいけない時がある。

ちょっと熱が出たからとか、単純に寂しいからといった理由で多忙な親を引き止めてはおけないのだ。

「暇だからさ。わりと絵本とか読んでたね。日本の歴史とか、世界の子ども文学とか」

一人でいると、わけもなく不安になる時があった。幼児の頃には誰でも覚えがあるだろう『母はどこかに行ってもう帰ってこないんじゃないか?』という怯えだ。読書に没頭することで時間を忘れ、その懸念を振り払うのだ。

「なるほど……」

百合の世代は物心ついた時から情報が溢れていた時代だ。簡単にアクセスして、すぐ離れることができる。

寂しさを埋めるために、自分の頭の中を妄想でいっぱいにするなんてことはしないのかもしれない……いや、多分彼女はするだろうな。

大学の卒業記念品である電波時計はぴったり深夜の二時を静かに告げる。

「さすがにそろそろ寝ないとマズいよ。目を閉じるだけでも脳が休まるからね」

「ついつい布団の中でスマートフォンを触ってしまって……」

「そういう時は物理的に視界を遮断するんだよ」

中に小豆《あずき》の入ったアイピローを電子レンジで温めてから百合に渡す。

彼女はそれを頭の上に載せ、部屋を出て行った。その後は特に物音がしなかったので、彼女は眠ることができたのだろう。

十二章

日曜の午後。ボウルに氷を入れ、百合の部屋まで運ぶ。今日の夕方、お父さんと再婚相手が挨拶にやってくる。そのため、百合は自作の料理を振る舞うと張り切って……正しくは、戦意をみなぎらせている。

彼女が母のレシピノートから選んだメニューはハンバーグ。

この前あたしが作ったような、乱雑にひき肉を焼いただけのものではない。きちんとした「料理」だ。

部屋に上がり込むと、すでに皿の上にこんもりとみじん切りにされた野菜が載っていた。タマネギと、あまり馴染みがないが特徴的な青臭い香りはセロリだろう。

「セロリは肉の臭み消しになるそうです」

野菜だけれど、ハーブや薬味と同じ効果があるらしい。ほんの一瞬、有名な曲のフレーズが頭をよぎったが、もし万が一伝わらなかったらショックなので口をつぐんだ。

「氷、ありがとうございます。足りなかったら困るので」

「何に使うの？」

「手を冷やすのに」

百合はそう答え、みじん切りにされた野菜の皿を冷蔵庫にしまいこみ、ボウルに水を足し、そこに自らの手を突っ込んだ。見ているだけでぞわぞわしてくる。

「冷たそう……」

「ハンバーグの材料は肉に限らず、冷えている方がいいんです。だから手も冷たい方がいいってことですね」

「なんで？」

「どうしてって……はい。熱があると、肉汁の流出に繋がるからです。つまり、こねすぎもよくないんです」

百合は棒読みだ。彼女の手元には例のレシピノートがある。おそらくそう記入されているのだろう。

手を冷やしながらハンバーグ作りを行う。昔読んだ漫画ではパンは手が温かい方がいいと書かれていた。色々あるものだと思う。応援はしているが、自分の手は冷やしたくないので、神妙に頷くだけにとどめる。

「塩を加え、肉が適度に混ざり合うぐらいに捏《こ》ねる……やりすぎなくていい」

百合は独り言をつぶやきながら、ボウルに入ったひき肉――合い挽きだろうか――に塩を振った。あたしは材料をすべて混ぜてから捏《こ》ねるものだと思っていたが、どうやら先に肉だけ仕込むのがツウらしい。

肉を捏《こ》ねた後、同じく冷やした野菜とパン粉、溶き卵を加えて混ぜる。そうしてまた冷やす。

「タネを寝かせるのね」

「はい。脂が固まることによって肉汁を閉じ込めやすくなるそうです。その間に、付け合わせを作ります」

百合はそう言って、電子レンジの扉を開けた。赤いシリコンスチーマーの中には細かく切ったジャガイモと、オリーブ剥き、いちょう切りの二種類のニンジン。あたしを呼び出す前に仕込みを終えているなんて、さすがに末恐ろしい女子高生だ。

あたしはただ、彼女の背後で腕を組んで様子を眺めているだけだ。

なにか手伝ってください、と言われればやるが、実際キッチンの広さ、作業行程的にも一人で済む作業なのだ。

しかし百合はあたしを呼び出した。つまりはここにいる……存在することに意義があるのだろう。

雪平鍋にバターと砂糖を大さじ一、水を少々。オリーブ剥きのニンジン。すでに火が通っているのでさほど仕上げるのに時間はかからない。ニンジンのグラッセの完成だ。

ジャガイモはそのまま付け合わせにするのかと思いきや、さいの目状に切ったジャガイモをビニールのポリ袋に入れていく。

「すみません、キュウリを輪切りにしてもらえますか？」

「はいよ」

なんと、あたしの出番が来た。

百合は一歩後ろに下がり、ポリ袋に塩こしょう、マヨネーズを追加して、ミトンをはめた手でつぶし始めた。すりこぎやボウルを使うと洗い物が多くなるからね。

「どのくらい切ればいいの？」

「半分ぐらいですね」

キュウリを半分ほど輪切りにすると、今度はベーコンを細かく切ってカリカリに焼いてほしいと頼まれる。

百合は冷蔵庫を開け、中からベーコンとクリームチーズの箱を取り出す。彼女はクリームチーズを常備しているのだ。やはり料理というのは、家庭によって様々である。大さじ一杯ほどのクリームチーズを袋に入れ、ジャガイモの熱で溶かしつつ、さらに揉み込んでなじませる。

袋から大きめのボウルにあけ、そこで初めてニンジンとキュウリ、カリカリベーコンを投入し、ざっくりと混ぜて完成だ。

醤油用の小皿に盛ったものを試食と称していただく。

市販品のポテトサラダは甘みが強い。おそらく万人に合わせるために甘味料を使っているのだろう。手作りにはそれがないので、よりおかず感が強くなる。

念入りに握りつぶし、さらにクリームチーズが入っているため、ねっちりとした食感だ。後から付け足したキュウリやベーコンの硬さがいいアクセントになっている。

「これ、レベル高くないですか？」

百合はふふん、とでも言いたげにエプロンに包まれた胸を張った。

「うん、すごいよ。高級なダイニングバーのお通しに出てきそう」

言ってしまった後で、これは高校生にはわからないたとえだろうな……とは思ったものの、彼女は褒め言葉と受け取ったようだった。

「京子さん。私、あの人にね、格の違いを見せつけてやりますよ」

百合は妙な方向にテンションがぶち上がっている様子だ。

やっぱり今日は友好条約を締結するのではなくて、開戦の火蓋が切って落とされてしまうのかもしれない。もうここまでくると水を差しても仕方がないので、おとなしく見守ることにする。

永世中立。それがあたしの人生におけるマニフェストだ。

あたしの思いはどこへやら、百合はどんどんハンバーグの焼成に入っていく。当然、厚みがある方がハンバーグ「らしい」のだが、ご家庭でそれをやると中まで火が通りにくい。必然的に薄くて平べったいものになるか、やや小さめなサイズに収まるだろう。

あたしとしては、お弁当のおかずやカレーのトッピングなどに転用しやすい小さめサイズを大量生産するのがセオリーと感じているが、百合は俵型を選択したらしい。

こいつは本格的だ——と、料理漫画の登場人物のような合いの手を入れてしまう。

「ハンバーグを肉汁たっぷりにするためには、蒸し焼きにすることが重要です」

「はい」

返事をしたが、原理はよくわからない。しかし彼女の母がわざわざ書き残したのだから、そうなのだろう。

フライパンが十分に熱くなったところで火を弱める。ハンバーグを投入し、じっくりと焼いていく。ひっくり返した頃には肉汁が染み出てきている状態だ。シリコンスプーンで油をすくい、回しかけながら両面を焼いていく。

「ここからアルミホイルで蓋を作って蒸し焼きにします」

フライパンの蓋では空間がありすぎて「蒸し」まではいかないのだと言う。

蒸し焼きにすること十分。百合は火を止めた。

これで出来上がりかと思いきや、更にタイマーをセットして五分。とてもじゃないが、一人暮らしで作ろうとは思えないこだわり具合だ。

家庭で出てくるハンバーグは材料を混ぜて捏《こ》ねて焼くだけの料理に思えるが、料理にこだわりがある人とない人では時間もお金もかかってくるコストがまったく違う。

そりゃあ家事が大変、いや簡単だの論争は永久に終わらないのも頷ける。

「流れ出した肉汁でソースを作るんですけど……」

「うん」

こっから先、どんな手の込んだソースのレシピが登場するのか？　とわくわくしながら身を乗り出す。

「ソースのレシピはないんですよね」

「嘘でしょ……」

百合はあっけらかんと言ったが、オーディエンスのあたしとしては、ここに来てそんなことある？　って気分だ。

「ほら、ハンバーグって、その時々で味変えたいじゃないですか」

「まあね」

「だから、こっからはレシピに縛られずに自由にしていいよってことで」

母の作ったレシピに、成長した百合が好き勝手に作ったソースをかける。それこそが母の望み。そういう解釈もある……か？

今日の百合の気分は中濃ソースとケチャップを一対一で混ぜたものらしい。

なにはともあれ、これで完成だ。付け合わせはニンジンのグラッセ、ポテトサラダ……ブロッコリーは冷凍だ。何事もメリハリが大切なのである。

「あ、もうこんな時間」

いつの間にやら、約束の時はあと十五分に迫っていた。

「大変！　メイクしてきます」

「いいけど、そこでお化粧の必要あるの？」

「だって、戦いですよ。すっぴんでは立ち向かえませんよ」

歴史上、男性が戦いの際には化粧をして戦意を高揚させる文化は日本を始め世界中にあった。

化粧には身だしなみのほか、呪術的な側面もある。その考えで行くと百合の行動は正しい……のかもしれない。

代わりに使い終わった調理器具などを洗っていると、身支度を整えたらしい百合が戻ってきた。お化粧といっても、若い子のそれはアラを隠すのではなく、血色やキラキラを足すためのものだ。透明マスカラにビューラー、色つきリップ、補正力があるわけでもないパウダー。テンションは絶好調だ。

この場合、何も変わってないとか、若いんだからすっぴんがいちばん可愛いよ、と言うのは野暮だ。

「ありがとうございます。京子さんの分もごはん作りますね」

「それはありがたいけど」

随分と余裕の表情だ。手早くどんぶりに白米を盛り、その上にハンバーグを乗せた。さらに目玉焼きと野菜をトッピングするとロコモコ丼のできあがりだ。

「ベランダではこれを食べて過ごしてください……あ、味噌汁忘れてた!」

百合が寝坊したときのような悲鳴を上げる。メニューに組み込まれていないのだと思っていたが、そうではないらしい。

「今から作れば間に合うんじゃない?」

「いえ、もうこれで行きます」

百合が食料品を保管するためのカゴから引っ張り出したのはフリーズドライの味噌汁だった。あたしがおすすめしたものだ。

「ちょうどナスの味噌汁が三個あるので、これを出します」

その真剣な表情を見ていると、不謹慎ながら若干笑いがこみ上げてくる。

「散々気合い入れといて、ここで既製品って……目玉焼きを焼いてる場合じゃなかった」

「仕方ないです。だって、今から鍋を洗ってお湯を沸かすのって面倒ですし……」

電気ポットのスイッチを入れた所で、チャイムが鳴った。

モニターの向こうの二人は、おぼろげな記憶の中の「百合が引っ越してきた時に挨拶に来た男性」と「先日のオートロック事件の女性」であった。すでに事実として知っているとはいえ、改めて二人が並んでいる所を見ると点と点がつながった、という表現はこのような時に使うのかもしれないと思えてくる。

「じゃあ、あたしはもう、行くね」

そう告げ、部屋をぐるりと見渡す。あたしが存在した痕跡はない。

そっとベランダから出ると、後ろから声をかけられる。

「帰らないでくださいね。絶対、壁の所に居てくださいね」

すがるように念押しされ、神妙に頷く。

「いや、うん。もう一回確認するけれど、もし見つかった場合は警察を呼ばれる前にきちんと説明してね」

念のためサンダルを脱ぎ、スマートフォンは自分の部屋に入れ、代わりに氷たっぷりのお茶の入ったグラスを握りしめながら壁にもたれかかる。

部屋の中からは絶対に見えないだろう死角にひそみ、様子を窺うその様は完全に不審者、ストーカーだ。見つかったら社会的に終わる。百合はきちんと説明してくれるだろうけれど、もしそのような状況になってしまった場合、メンタル的に死ぬだろう。

玄関前のチャイムが鳴った。頼まれたことをしているだけで、悪事を働いているわけではない……はずなのに、胃のあたりがきゅうっと縮こまるのを感じる。

「こんばんは」

声のトーンの違いなのか、百合の声だけがいやにはっきり聞こえてくる。おそらく、お邪魔しますとか久しぶりとかそのような言葉を交わしたのち、室内は無言になり、食事の準備をする音だけが響いた。

「ハンバーグ、作りましたので……どうぞ」

聞き慣れない「いただきます」の声の後に、カチャカチャと食器のこすれる音が聞こえてくる。

あたしの手元にもロコモコ丼はあるものの、今はまったく食べる気がしない。

百合が窓側の席を陣取っており、音は断続的にしか聞き取れない。いや、あたしが求められているのは「ここにいる」ことだけで、会話の内容について精査する立場ではない。ないのだが、中途半端に聞こえているとどうしても気になってしまう。レースのカーテンがぶわりと膨らみ、視界を遮るものがなくなる。何度も通い、記憶に焼き付いているはずの部屋が、知らない人の部屋のように見えて少し怖くなり、目を逸らす。伸びまくって支柱から離れてしまった朝顔のつるが、頼りなげに夜風に揺れている。

「お料理が上手なんですね」

と、当たり障りのない世間話が始まったようだ。

「……昔からやってますから」

「この子は、子どもの頃からしっかりしているんだ」

はい、そうですね。あたしもそう思います。と、心の中で合いの手を入れてしまう。ふざけてるわけじゃなくて、そうでもしないとなんだか自分の存在が本当にここにあっていいのかわからなくなってしまうから。

「しっかりしている、んじゃなくてそうしなきゃいけなかったの」

「ひえっ」

悪い予感は当たるものだ。百合のきっぱりとした言葉に、あたしは思わずむせそうになった。

なんとか、ちょうど通りがかった電車の音があたしの不審な気配をかき消してくれる。

こっそりとお茶で口を湿らせる。飲み物を持ってきていて本当に良かった。

頼むから修羅場はやめてくれ……そうすがるような気持ちで夜空を見上げる。不謹慎ながら、今この瞬間に東京湾から怪獣が現れてみんなの心が一致団結、大団円にならないだろうか……と現実逃避をしてしまう。

風がざわめき、木々を揺らす。その音にかき消されてしまうはずの百合の声は、なぜだかはっきりと聞き取ることが出来た。

「料理を作ることは」

百合の口調はやけに落ち着いている。悪いことではないのだが……。どうにも雲行きが怪しいのはあたしの穿《うが》ち過ぎか？

「順番通りにこつこつやっていけば完成するんだと繰り返し、繰り返し、成功と失敗を積み重ねていくことでもあって。時間と脳の容量を圧迫するし、負担に感じる時もあります。でも私にとっては、自分を見つめ直す時間でもある」

あっ、笠音くん、そのテンションはマズいよ。あたしといる時のノリで語り始めたらダメだって。

今すぐにでも「もっと端的に、わかりやすく行こうぜ！」と声をかけたいが、それはできないのがもどかしい。

「……ちょっと前まで、私は自分が頑張っていると思っていた。他の人がやらなくてよかったり、悩まなくていいことで頭がいっぱいになっている自分が不幸だと感じていた。新しいお母さんをいらないって言ったのは私だから、しっかりしなきゃいけないとどんどんハードルを高くして、勝手に苦しくなっていた」

すべての音が遠くなり、百合の言葉だけが静かに続いていく。

「自分が苦しいんだから、お父さんにも頑張ってほしい……私ごと過去にして、新しい人のところに逃げたりしないで、って思っていた」

大人二人はあたしが第三者として少しずつ聞いていた内容を、当事者として今、まとめてぶつけられている。心中穏やかではないだろうが、二人はじっと百合の話に耳を傾けている。

「でも、この数ヶ月。お母さんの残したレシピを読み直して、料理を作りながら想像してみたの。お父さんを過去に縛り付けても、結局いつか、私も大人になって忘れていく。その時に、お父さんをがんじがらめに束縛した自分のことをどう思うのかな、それってなりたい自分なのかなと」

「どうして、そう考えるようになったんだい」

百合の父は、一つだけ尋ねた。

「お母さんのノートの最後には、メモがあって」

その話は、今初めて聞いた。あたしはレシピノートの中身をじっくり読んだわけではなかったから。

「『ゆーちゃんの好きなものを頑張って書きました。でも、お父さんの好きな料理は載せてません。それはページが足りなかったからなのもあるけど……このノートの料理がぜーんぶ作れるようになった頃、きっと意味がわかると思います。わかんないかも。でも、私は、そうであってほしいと思います』」

電車が通り抜ける音が、いつもよりずいぶんと、遠く聞こえた。

「やっとこの意味がわかった。お母さんは、過去にとらわれたままでいてほしくないんだ。いつか、傷が癒えたら。前を見て、新しい幸せを探して、って言いたかったんだって」

その声色で、あたしは空気が良い流れへ向かったことを確信し、静かにガッツポーズをする。

「私には私の、お父さんにはお父さんの人生があって……過去は大切だけど……それだけじゃ生きていけないんだよね。なんでもうまくいかないのは当たり前で、色々なことを受け入れて大人になっていく。捨てられるわけじゃない。家族のままで、別々の幸せを探すだけ。それがわかるまで、時間が必要だったの。ごめんなさい」

「百合……」

「私は……賭けたい。より良い人生を、得たいから。お互い、がんばろ、お父さん」

世界は再び音を取り戻し、過去のまま止まっていた時計は動き始める。

「一人暮らしで不安なことはないか?」

「ないよ」

「大家《おおや》さんや先生以外に、困った時、すぐ頼れそうな友達はいるか?」

「いるよ」

「お父さんの知ってる子か？」

「私、今、反抗期だから。なんでもかんでもは教えてあげないの」

「そうか。……百合は、ここの暮らしを楽しんでいるんだな」

「うん。とってもね。いつかはそうじゃなくなるのかもしれない。でも、次の選択の時が来るまでは、このままでいたいな」

——生きている限り、必ず変化の時はやってくる。

でも、今はこのままで。あたしも同じ気持ちだ。

「私は大丈夫。でも、お父さんは私と違って、さみしがり屋だから……幸せにしてあげてください。よろしくお願いしますね」

そこまでで会話は途切れた。

というよりは、もうあたしがいなくても大丈夫だと思えたので、耳をそばだてるのをやめて、ただぼうっと、自分が高校生の時は何を考えていたかな……と感傷に浸ることにした。

手元に時計はないが、そう長くもない時間が過ぎ、じゃあまたそのうちに、と百合の落ち着いた声が聞こえ、静寂が訪れた。

そっと立ち上がりベランダから外の様子をうかがうと、エントランスから二人が出てきた。その背中は落ち着いていて、少し立ち止まり、しっかりとした足取りで去ってゆく。その姿はきっと、他人からは夫婦に見えるだろう。

百合が静かに隣に立つ。ひとまずは……落ち着いたのだろうか。

「うまくいくかな」

「わからない。けど失敗したところで、大したことはないよ」

多分良いことの方が多いはずだ——と、世界で一番、あたしが願っているに違いなかった。

薄暗がりの中、百合の目元は潤んでいるように見える。絶望でも悔し泣きでも自らを哀れんでいるわけでもないのだろうが、意味もなく世界が理不尽に感じて泣きたくなる夜もある。

「しあわせになれますかねえ」

どちらが、と聞くまでもない。その言葉は両方にかかっているのだ。

人より早く挫折や喪失を経験していると『こんな人生もうやってらんねー』と思う

時もあるが、雑草が踏まれて強くなるというのも一理はあるし、そもそも上も下も見ればキリがない。

何度でも言うが、幸せとは主観的なものであり、まさしく自分がつかみ取るものだとあたしは信じたい。

「求める方向を目指して進むしかない……モヤモヤ、解決した？」

「してないです。よろしくとお互いに言っただけ」

「そりゃそうか」

人生はテストと違って明確な答えがあるわけでもない。契約書じゃあるまいし、なおさらだ。判断が正しいか正しくないかは、後になってからじゃないとわからない。

「でも、スッキリはしましたよ。逃げてても、仕方がないですものね」

まずは第一歩、と百合は深呼吸した。

「お見それしました。やっぱり百合は立派だよ」

ぱちぱちと小さく拍手をする。心の底から褒めたつもりだったが、彼女はどことなく不満げに唇をとがらせた。

「京子さんはなんでもすぐ褒めてくれますけど、そんなに甘やかしたら、私、駄目人間になっちゃいますよ」

「すべての人間はいくつになっても甘やかされたいものなのよ」

ちょっと待っててと立ち上がる。

こんなこともあろうかと、特製ドリンクを仕込んでおいたのだ。アイスティーに、この前百合から分けてもらったローズマリーの小枝を漬け込み、香りを移しておく。そして、スーパーで買ったレモンスライス入りのシャーベットを氷代わりに混ぜる。背の高いタンブラーグラスに注ぎ、グラスにレモンスライスとローズマリーも一緒に飾り付ける。

控えめな甘さの、キリッとした風味が漂うドリンク。マドラー代わりのスプーンを添えて。

「はい。できました」

グラスを差し出すと、百合はややびっくりした表情を見せた。

「いやー、こんな時にこんなおしゃれな飲み物を持ってくるなんて、京子さん、ずるいですよ」

「東京出身の人にはわからないかもしれないけどさー、地方からわざわざ東京に出てくるって言うのは、やっぱ、おしゃれなアーバンライフをしたいって気持ちは少なからずあるんだって」

ずっと雨か曇《くも》りが続いていたのに、今夜は妙に月の明るい夜だ。スプーンで溶けかけのシャーベットをすくい、口に入れる。

少し大人のレモンティーといった雰囲気だろうか。甘さや酸味、苦みのとがった部分がローズマリーの香りで調和され、すっきりとまとまっていく。

「はー、おいしい。大人の味わいですね」

「こんなんで良ければ、いつでも作ってあげるよ」

「ほんとですか?」

百合はそれなら——と言わんばかりにぐいっとグラスをあおった。おかわりが欲しいのかと思いきや、半分ほどになったグラスを見つめている。明かりがふちに反射して、ネオンのように瞬いている。

「京子さんが居てくれて、良かったです」

居てくれて良かった。

その言葉は、会社で聞くそれとはまた別の感情をあたしに与えた。

「話を聞いて、なるほどなって。類は友を呼ぶって、そんなつもりじゃなかったのに実際には本当なんだって……そうか、変わらなきゃ後悔がずっと続くんだな～って」

あ、それって反面教師。そんなスパッと言うのかよと少し思ったけれど、これもまた心の距離が近づいた証拠と解釈する。

「そうだね……あたしも、前進するきっかけになったから。心配だったのもあるけど、お互いに良かったと思ってるよ」

マイナスとマイナスをかけるとプラスになる。世界の仕組みはわからない。でも、実際に、世界はそういう風に出来ていたのだ。

「安心しました」

百合はグラスの残りをぐあっとあおった。そう遠くない未来の彼女は、もしかして酒豪かもしれないとなんとなく思う。

「安心？」

「だって京子さん、無口だから……どう思われているのかわからない時があって」

あたしは無口なのだろうか。頭の中では色々うるさいぐらいに考えて……独り言は多いし……でも、確かに普段はあまり喋らないかもしれない。

自分では相当気さくに振る舞っていたつもりだったが、やはり何事も、明確に言葉にしない限りは伝わりきらないのだろう。

「うーん、そうか。じゃあ改めて言うと、あたしは、今、結構楽しい」

「本当ですか？　たまにものすごく無表情な時ありますよ」

「えー、酷い。繊細なアラサーの心が傷ついた」

百合の背中を、ぱんと軽く叩く。女同士の傷のなめ合い。褒められたものではないかもしれない。しかし、これはこれでいいと思っている。

「申しわけありません。感謝してます。お姉さま」

彼女も随分図太くなったよな――まあ、大都会で生きて行くためには使えるものは親でも隣人でもなんでも使うのがよろしい。

「あーーっ、めちゃくちゃすっきりしたーーーーっ」

さすがに夜の住宅街で絶叫することは躊躇《ためら》われたのか、百合はかすれたような裏声で月に向かって吠えた。

大人になってしまった後では女子高生みたいに劇的な変化はないだろうけれど、確かに自分の中にも変化の兆《きざ》しはある。

今までのあたしと、これからのあたしは少しだけ違うのだ。別に、今年はしれっと北海道に帰って、毛ガニを食べたって構わないし、温泉までドライブにだって誘えるかもしれない。

あたしが百合を変えたように、百合もまたあたしを変えていくのだ。

明日にはあたしが励まされている側かもしれないな、と足元に置いてあったロコモコ丼を食べる。

まあるい黄身にスプーンを突き立てると、半熟だ。

空には明るい月が出ている。いい夜だ。

「今のタイミングで、ロコモコ丼、食べます⁉」

「腹が減っては戦ができぬ」

「もう終わりましたって」

「……あたし達の戦いは、これからだ！」

「アイ・アイ・サー！」

出航かよ。と思ったが、これはおそらく人生を航海に例えた比喩かなにかだろう。

一仕事終えた人間特有のテンション。百合はきっと、深夜になったら恥ずかしくて眠れなくなると思う。

でも、それは今言っても仕方のないことだから、そのアイって英語のイエスと同じ意味らしいよと、豆知識を披露するにとどめた。

エピローグ

一体いつまで続くのか、と思わず天に向かって問いかけたくなるような梅雨《つゆ》が明け、あたしが百合の年頃だった時には想像も出来なかったほどの、灼熱の——文字通り殺人的暑さの夏がやってくる。

「ねっ、オネエサン、スイカあるヨ！」

「スイカねえ……」

カタコトよりは、流暢と表現してあげたくなる。そのような日本語で接客をする女性の声に、あたしは足を止めた。

定時帰りのあとふらりと寄った商店街。あたしは今日、とうとう魚屋で買い物をした。白身魚——スズキらしい。捌《さば》いて柵にしてもらう間、近くの店を物色する。

八百屋は閉店前の最後の稼ぎ時なのか、活発に声がけを行っており、店内は仕事帰りの女性達で賑わっている。

スイカをカットしてラップでくるんだものが三百九十円。高いのか安いのか、品種はおろかこれが大玉なのか小玉なのか、さっぱりわからない。確実なのは、スイカはカットしたパック詰めより、大きく切ったものの方が遙かに割安で、一人では無理だが二人ではなんとかなる大きさであること。

「ココね、白い皮沢山あるけど。だからと言って、ダメってワケじゃないよ。ココ、お漬物にするとおいしーヨ」

この店員、顔立ちとイントネーションからしてどう考えても大和《やまと》民族ではないのだが、あたしより日本の食文化に詳しいかもしれない。

「はあ、そっすか」

「ネ、どう?」

どうと言われても。まさか昨今の八百屋には販売ノルマがあるのだろうか……と訝《いぶか》しんでしまうが、彼女はただ単に使命感に突き動かされているらしく、なんでもかんでも手を変え品を変え「安いよ」と大声で呼び込みを続けている。

あたしもこのぐらいのバイタリティがあれば今頃……とは思うものの、人生を子どもからやり直した所でこの性格にはならないだろうな、と恰幅のよいエキゾチックな店員から視線をずらした。

スイカは悪くない。しかし、この店にはメロンも売っているのだ。一玉六百八十円也。

「はて……」

どうすべきか。シンプルにスイカを食べる。あるいはジュースにする。しかし、バニラアイスメロン添えと言うのも捨てがたい。

しばしの思考の後に「今この瞬間に連絡がつく可能性」に賭ける。その時に、夏用に新調したメッシュ状のバッグの中で、スマートフォンの液晶がぱっとその存在を主張した。

『今日の晩ご飯、そうめんパーティーにしませんか？　高級そうめん、普通のそうめん、プライベートブランドのそうめんの食べ比べです！』

『魚屋でスズキを買った。今は八百屋にいる。スイカとメロンってどっちが好き？』

『スイカ』

ポンッと、ハートを持った動物のスタンプが押された。

やっぱり、気が合うじゃんか、あたしたち。

『じゃあスイカを買って帰る。どうせなら、めんつゆも比べてみたら?』

『そうします！　余ったら料理に使えますしね』

会話がひと段落して、あたしはスイカを購入した。支払いを終えて財布をバッグに突っ込むと、またスマートフォンの画面がぴかっと光った。

百合じゃない。母からだ。

『今年の夏は、帰ってきますか?』

問いかけに、あたしはもう、迷うことはない。

『夏は帰らない』

とすばやく返信。でも、これからは一味違う。

『秋には帰るかも。安い飛行機が取れたら』

かわいい白い犬の周りにハートが乱舞しているスタンプが送られてきたのを確認して、画面を閉じる。

「本場のバターコーンラーメンを食べないといけないしね」

いけない、また独り言をつぶやいてしまった。もう、話し相手がいるのにね。

マンションへの道を歩いていく。先週末、ようやくベランダの仕切りは修復された。

そのため、隣室に行き来することはできなくなった。しかし、それで交流がなくなったわけではない。

今でもお弁当作りや夕食などの付き合いは変わりなく続いている。

エコバッグをぶら下げ、線路沿いからド派手なオレンジと紺のグラデーションの空を眺める。

故郷に比べて空気がきれいなはずもないのに、昔よりずっと景色が美しいと感じるのはなぜなのか。これが歳を取るということなのだろうか？　エントランスのオートロックの前でふと思い立ち、百合の部屋番号を押してみる。

「おかえりなさーい！」と明るい声があり、解錠の音がガチャリ、と響く。

なんだか急に照れくさくなり、無言のまま湿気でベタベタになった前髪をかきあげる。

うん、これはきっと嬉しいのだ。彼女が心配だからという義務感ではなくて、あたしは百合との生活を楽しんでいる。

廊下ではいつものように台所の小窓が開いていて、やっぱり女性専用マンションとはいえ不用心ではないのかな、と近寄る。

「もう、そうめん茹でていいですか？」

あたしの気配を察したのだろう、百合はこちらに声をかけてきた。

「はあ、あたし、ダメになっちゃうかも」

「なにかあったんですか⁉　相談に乗りますよ！　多分、できること何もないと思いますが！」

「いや別に。ところで、スイカの皮の漬物って知ってる？」

「実は私もそれ聞こうと思ってたんですよ。ちょうど、フリーペーパーのレシピブックに載ってました」

今開けますね、と声は遠ざかり、逡巡する間もなくドアが開かれた。もうベランダからは行き来出来ないので、真っ正面から入ってこいということだ。

「なにかありました？」

百合はあたしの顔を見て、もう一回言った。

「いや。特に意味はないよ」

「低血糖なんじゃないですか？　ご飯を食べないと気分が落ち込みやすくなるらしいですよ」

この子も随分元気になったよなあ——と数ヶ月前のことを思い出し、しみじみとしてしまう。

「京子さん、本当に大丈夫ですか？」

百合がじろじろと、あたしを見つめてくる。不安なのは、この生活が楽しすぎて依存症になってしまったらどうしよう、というしょうもない悩みだ。言えるわけもない。

——まあ、いいか。多分あたしは色々考えすぎなのだ。いつか自然な終わりが来るまでは、このままでいい。

「そうめんと刺身だと白すぎかな、ってちょっと思い耽《ふけ》っちゃった……」

「それならキュウリとわかめの酢の物はどうでしょうかね」

正直に言うのは恥ずかしいので、無理矢理ひねり出した言いわけに百合はあっさり解決策を提案してきた。やはりデキる女であると、うだつの上がらない自分としては、感心せざるを得ないのであった。

大国、旺《おう》の手の者によって兄を殺された騎馬民族の姫リャンホア。しかし彼女は故郷のため、蓮花《れんか》と名を改め旺の第五皇子・劉帆《りゅうほ》に嫁ぐことが決まる。夫の愚かさにうんざりしていた蓮花は、婚儀を終えた夜、隠していた弓を手に復讐を誓う姿を劉帆に目撃されてしまう。だが、焦る彼女に劉帆は別人のような口ぶりで語りかけてくる。実はあえて暗愚として振舞っていた彼は、蓮花が皇位継承争いに自分の味方として手を貸すなら、代わりに兄の仇を見つけてやると言い出し…… 異色の中華後宮物語、開幕！

◉定価：770円（10%税込）　◉ISBN：978-4-434-34990-4　◉Illustration：LOWRISE

ISBN:978-4-434-3498

う離すまい、俺の花嫁

は虐げられ、女学校では級友に遠巻きにされている初音《はつね》。それは、
を誇る西園寺侯爵家のなかで、初音だけが異能を持たない「無
からだ。妹と圧倒的な差がある自らの不遇な境遇に、初音は諦め
じていた。そんなある日、藤の門からかくりよを統べる鬼神——
が現れて、初音の前に跪《ひざまず》いた。「そなたこそ、俺の花嫁」突然求婚
とまどう初音だったが、優しくあまく接してくれる高雄に次第に心
れていって……。あやかしの統領と、彼を愛し彼に愛される花嫁
会いの物語。

価:770円(10%税込)/1巻 定価:726円(10%税込)

イラスト:ザネリ